秘密实验

甲骨碎　　　　　　　　　那多 著

（原名《甲骨碎》）

SECRET
·EXPERIMENTS·

图书在版编目（CIP）数据

秘密实验. 甲骨碎/那多著. —北京：人民文学出版社，2021
ISBN 978-7-02-014961-2

Ⅰ.①秘… Ⅱ.①那… Ⅲ.①长篇小说—中国—当代 Ⅳ.①I247.5

中国版本图书馆CIP数据核字(2020)第135312号

责任编辑	赵 萍 李 然
责任校对	韩志慧
责任印制	王重艺

出版发行	人民文学出版社
社　　址	北京市朝内大街166号
邮政编码	100705

| 印　　刷 | 三河市宏盛印务有限公司 |
| 经　　销 | 全国新华书店等 |

字　　数	161千字
开　　本	880毫米×1230毫米　1/32
印　　张	7.5　插页3
印　　数	1—10000
版　　次	2021年6月北京第1版
印　　次	2021年6月第1次印刷

| 书　　号 | 978-7-02-014961-2 |
| 定　　价 | 42.00元 |

如有印装质量问题，请与本社图书销售中心调换。电话:010-65233595

当甲骨破碎,首先,必须收集完整所有碎片,才可能破译凿刻其上的古老秘密;其次,实际上我们只能解读少数甲骨文字;最后,你知道,几乎所有的甲骨都是碎的。

所以,这世界上总有些秘密,我们永远也不会知道。

目　录

一、龟甲信	001
二、预言	020
三、通往内心的实验	039
四、试应手	061
五、每个人的弱点	084
六、宿命	106
七、赫定的新战场	133
八、不祥的预兆	152
九、风暴	174
十、兆纹	209
尾声	230

一、龟甲信

"你们有最后的机会,收回自己的东西。否则待会儿被我不小心打破了,呵呵,就算是假东西,也还是有价值的嘛,到时候心痛就来不及了。"

《寻宝奇兵》节目的主持人嘴角带着让人心惊肉跳的浅笑,举着锤子晃来晃去,仿佛随时就要砸下去。

胖子低头看看面前桌上自己带来鉴定的藏宝。

那是片灰黄色毫不起眼的甲片,和旁边别人的瓷瓶瓷碗在卖相上完全不能比。拿在手里面,也是轻飘飘的没分量。胖子肥嘟嘟的手指摩挲着甲片上的刻痕,仿佛下定了决心,又把甲片放回了原处。

台下的观众见胖子这番做派,都在心里笑。电视台的镜头前面,装也要装得豪迈一点,怎么人一胖,胆子都会变小。

主持人慢悠悠踱着步子,手里握的金锤已经举到半空。他在胖子面前停下,对他笑了笑,眼角却往左边偷偷瞄过去。

左边是个大块头的鱼戏莲青花瓷瓶,放在桌上修长的颈子高过主人鼻尖。那是个五十岁的女人,戴着眼镜背着手,表情笃定。

"今天现场的宝贝都很有意思,对我也是个挑战。比如说这个龟甲,我一锤子下去,说不定还砸不坏哩,那可就坏了招牌啦。"

主持人一边说着,一边锤头慢慢往上抬。现场的灯光很亮,一瞬间反出的金光让胖子眯起了眼睛。就在这时候,他听见锤在面前划过,带起"呼"的一声响。

"砰"!

锤重重落在桌上,台下一多半的观众都惊讶地张大了嘴。

主持人露出属于他自己的笑容,带着一点狡猾一点得意。他移开锤子,下面的龟甲已经碎成了许多片。

导播室里早笑成了一片。

"快快快,二号机对准胖子,拉近,面部特写。"导播叫着。

"林哥真是绝,耍人耍出境界来了。要不是早知道,我都会以为他要砸旁边的瓶子。"脸上长满青春痘的女实习生捧着肚子,表情夸张。

"虚虚实实,都把兵法搬到主持节目上来了,林哥牛啊。噢,快看胖子的表情,他真惨,哈哈哈哈。"

被拉了面部特写的胖子又像哭又像笑。他努力要露出些不在乎的微笑来,可是却忘了自己正紧紧咬着下嘴唇,互相冲突的动作让两颊上的肉一抖一抖。

主持人拍拍胖子的肩膀,叹了口气说:"假的真不了,真的假不了。来了你就得有心理准备。听听我们的专家怎么说,东西没了,长点知识带回去,也算没白来一次。"

胖子开始回过神来,用手一块块摸着碎了的甲骨残片,嘴里只是说:"怎么会是假的呢,不能是假的呀,不能是假的。"

"是不是假的,你说了不算,我说了也不算,得听专家的。"

主持人手往专家席一挥:"今天我们请来了甲骨文和青铜器专家

钟鼎文先生,让他来给我们讲一讲,这件甲骨为什么是假的,我们该怎么来识别真假甲骨。"

坐在专家席里的一个五十多岁男人用手把鼻梁上的镜架向上推了推,咳嗽了一下清嗓,慢条斯理地说:"甲骨造假在从前非常少见,但是近几年甲骨文物的行情往上走,造假的就开始多起来。其实真正的行家不会上当,因为历来出土的甲骨,特别是像今天现场的这种比较完整的有字龟甲都流传有序,不会突然冒出一件从没出现过的东西。"

"不会的。"胖子猛然打断钟鼎文的解说,"我请了朋友看过的,他说是真东西。"

"但你的朋友不是专家。"主持人可不是第一次碰上这种情况,他又走到胖子身边,打算再说些什么把他暂时安抚下去。

"不,他是专家。"胖子固执地嚷嚷,同时扭头往台下自己的亲友团方向看去。

藏宝人的亲友团都坐在观众席前两排。胖子的亲友团只有一名成员,是个看起来近三十岁的消瘦男人,五官的线条有些阴柔,表情也郁郁的没多大精神。

这时他从第二排站了起来,眼神从主持人脸上飘过,落到钟鼎文的身上。

"我之前的确鉴定过,钟老师是不是再看一看。"他的口气轻描淡写,好像在鉴定甲骨的专业里,和坐在专家席上,年纪大了他将近一倍的钟鼎文有同等身份似的。

导播室里已经喊停,导播的眉头皱了起来。

"怎么有这种不守规矩的家伙。"青春痘实习生拉开通往现场的门就要跑下去。

"等等。"导播在她身后说。

"你……"

现场,主持人只说了一个字就忽然住嘴。他常挂在脸上的笑又变了另一种形态,这回稍稍显得不太自然。他把目光从突兀站起来的男人脸上收回,扭头往专家席方向看。

"孙镜?"钟鼎文脱口而出的声音通过别在领口的麦克风清楚地传到了现场每一个人的耳朵里。他用手按着桌子,慢慢站起来。

席上的其他古董专家有些认得孙镜,不认识的看到钟鼎文站起来,也明白过来。看样子孙镜也是甲骨圈的人,而且是有点分量的人。

"这东西你看过?"钟鼎文的表情严肃,摘下麦克风从专家席后面绕了出来。

"是看过。"

"这件龟甲留了大半块,之前不见于任何记载。你知道这种情况是很罕见的,而且从字形和刻痕上看和已出土甲骨有些差异,背后的凿痕也不对,你怎么会认定是真的……走眼了吧?"

说到最后一句,钟鼎文不禁笑了笑,不过他随即收敛了表情,打算再看一眼碎片。

"大辛庄。"

孙镜只说了三个字,钟鼎文的步幅就突然加快,急走到碎片前,低头去看。

"零三年公布的山东大辛庄考古发现,是第一次在殷墟安阳之外发现商代的甲骨。字形和安阳的略有不同,但……钟老师你应该也研究过的吧。"

孙镜一边说一边往台上走,站到胖子一侧,看着蹙起眉头的钟鼎文。

主持人脸色已经难看得很,笑容是一点都瞧不见了。可他马上又挤出点笑,低声说:"孙老师,孙老师,你看这事是不是先放一放,我们把节目先正常录完。"

胖子立刻大叫起来:"怎么可以先放一放,我的宝贝被你一锤砸烂了,这是真东西,是真东西。"

下面已经嗡嗡闹响起来,几乎每个观众都在和旁边的人咬耳朵。主持人看搞不定台上的几个,转过身来,要对台下说些什么。他眼睛一扫,突然吓了一跳,赶忙把胖子和钟鼎文的身影挡在后面,用手一指大声说:"那一位,请不要用手机摄像,立刻停下来。"

旁边的一个摄影师得了主持人的眼色,三步并作两步扑过去。

钟鼎文可管不了越来越乱的现场,这片甲骨本缺了小半,上面还残存了六七个字,现在被主持人一锤下去碎成了许多片,他一阵划拉,好不容易找了一片有字的,拿到手里细看。

孙镜就站在弯着腰的钟鼎文面前,周围的人有的焦急有的惶恐有的好奇有的兴奋,他却仿佛事不关己,表情依旧挺悠闲。但是嘴里说出来的话,又在狠狠搅动着乱糟糟的局面。

"考古队挖出来的大辛庄有字甲骨都公布了,就那么不多的一点。但谁都知道既然那儿出土了这么些,地下肯定有更多藏着的。这几年当地的居民都在挖,这事情谁都管不住。"说到这里孙镜笑了笑,"听说有挖出东西偷偷卖掉的。"

"我就是从一个走山东的古董贩子手里收来的啊。"胖子捶胸顿足,又抓起几片碎骨头,给早围上来的其他三个藏宝人看。

"瞧瞧,瞧瞧这东西,能是假的?不能是假的啊。"胖子像在拉救命稻草,能拽几根是几根。

那几人都皱紧了眉头,纷纷叹息着,却又睁大了眼睛满脸泛起红光。

"我刚才就见了,这土色,没几千年沁不出来啊。"

"那可说不准,现在作假的手段叫一个高。不过甲骨这东西还算是冷门,要费工夫造这么真的假,倒也少见。"

"看看这背面的凿痕,正面的卜纹。"笃定的女人说着又把碎片凑到鼻子前,仿佛能闻出烟火气来,啧啧了两声,瞅瞅钟鼎文又说了半句,"我看这东西哪……"

钟鼎文猛地抬起头,冲女人就问:"看样子你们都懂甲骨?"

"您懂得多。"女人笑笑。

"钟老师怎么看?"孙镜问。

钟鼎文不说话了,摸出放大镜,又看。

导播室里已经安静了好一会儿,他们没人懂甲骨文,只能看着屏幕上钟鼎文的表情变化。导播的心情沉到谷底,他知道出事了。

"我就说这钟鼎文不太靠谱,制片非要用他。"编导小声嘀咕。

"唉呀,这场地我们只能用到三点钟,这样下去录不完了怎么办?"青春痘发愁。

"现在是录得完录不完的事吗?"导播扭过头恶狠狠对她说,"赶紧打电话让制片过来呀!"

"冲我发什么火。"青春痘背过身去撇撇嘴,摸出手机往外走。

钟鼎文又把碎片翻过来,看背面的凿痕,拈着龟甲的手指有些发抖。

"钟老师怎么看?"孙镜又问,语气缓和地让钟鼎文想把龟甲扔在他脸上。

之前怎么就能肯定是假的呢,的确没往大辛庄的方向多想。但也不应该啊,真是见鬼了,现在越看越觉得……

钟鼎文心里许多个念头上下翻腾。看他顶起镜片用手背揉眼睛的样子,再迟钝的人都感觉出来他的狼狈。

"大辛庄的东西我从来没听说过有新出土的,这东西很可疑。这应该是个'母'字,但和大辛庄龟板上的'母'字比,缺刻一横画,凿痕又只凿不钻……"

钟鼎文絮絮叨叨地说着,顶着胖子恶狠狠的目光,努力要把手里的龟甲说出足够多的破绽来。主持人站在旁边,不断点着头,发出"嗯""嗯"声配合着。

孙镜听了一阵,忽然出声打断:"钟老师?"

"啊?"钟鼎文停下来,做好了全副的准备,打算应付孙镜的问难,好保住自己的名誉。

孙镜向他露出仿佛温和的笑,说:"看起来钟老师的意见和我有分歧,那就多找些专家一起研究一下好了。"

钟鼎文张大了嘴,喉结滚动了几下,却始终没能把"好"字发出声来,像条砧板上的活鱼一样呼呼喘气。

主持人恨得用手按着额头,闭上眼睛哼出沉重的鼻音。

"砰"!

观众席最后面的导播室门忽然被重重推开,导播一路跑到台上。

"我们去小会议室谈。"他压着嗓子说。

一个多小时后,孙镜和胖子走出电视台的大门。拐过两个街角,在一个小弄堂前停下脚步。

"有没有考虑过改行当演员?你做魔术师真是屈才了。"孙镜对胖子说。

一张愁云惨淡的胖脸在这句话后忽然发生了巨大的变化,笑得两条眉毛都飞了起来。

"魔术师本来就要会演,否则怎么转移观众的注意力。不过你的建议我也可以考虑考虑,哈哈。"

"如果他们拿录像细看的话,会不会有问题?"

"不会,摄像机好骗得很,我注意着机位呢。放心,他们的赔款一到账我就划给你,下次有这种好事还要叫我啊。那些龟甲怎么处理?"

说着胖子把装着龟甲碎片的锦盒递给孙镜,左手的袖子一抖,另一块没碎的龟甲滑了出来。

孙镜没伸手接。

"都扔黄浦江里去吧。"他耸耸肩,和胖子挥手告别。

这里是最繁华的商区,孙镜没走几步,就有个女乞儿斜着冲出来,抱住了他的腿,旁边的行人立刻绕开。

孙镜低下头去,乞儿抬头看他,嘴里飞快地说了一串讨钱的话。他没给她任何表情,只是盯了她几秒钟,又抬起头往前走。乞儿被向前带了半步,立刻松开了手,她知道有些人不管怎么抱都不会有效果,还是换一个继续营生吧。

只是孙镜又走了没多远,就听见有人在背后说:"有钱人总是这么吝啬?"

他皱眉立定回头。指责的是一个戴着墨镜的女人,很年轻,留着短发,长得挺不错,如果墨镜后的眼睛不太难看的话。

"的确有很多人会给钱,那样就能买到自己的同情心或者别人的自尊心。还有,我不是有钱人。"说完这些,孙镜就打算继续走自己的路。

"不是?我看不见得。"

孙镜笑了:"美女,你这是在搭讪吗?"

说完这句话,孙镜有些惊讶地看到,面前的女子并没被呛得扭头就走,反而露出洁白的牙齿,给了他一个完美的笑容。

"我想你总比我有钱,对不对,你可是刚赚了笔。"

"什么?"孙镜的第一反应就是装听不懂。

"先前我也坐在观众席,就在你后面几排。表演真不错,那胖子哪儿找来的?"

孙镜的眼皮垂下来,只露出一条缝,好像下午的阳光太强似的。他抱着手,右手无名指上的饕餮纹古玉戒指慢慢转动着,看起来有点神奇,实际上是因为藏在手掌里的拇指正在无意识地拨动。

"让我猜猜你都是怎么干的。看钟鼎文的样子,他自己也觉得被敲碎的是真东西,是之前看走眼了……还是他看到的其实不是同一件?很经典的招数,什么时候把东西换掉的?那个胖子干的?"

她究竟想干什么,孙镜在心里飞快盘算着。而且,他越来越觉得面前的女人眼熟起来,但她的墨镜实在很大,让他一时难以辨认。

"我不知道你在说什么。"孙镜继续否认,他可不是经不得吓的菜鸟。

"国内的甲骨现在卖不出真正的高价,没有关系又很难把甲骨带出国。那块比较完整的龟骨虽然看起来价值高,但实际上很难变现,你现在先拿一笔赔偿,碎了的黏合修补一下又更容易出手,怎么算都划算。"

孙镜耸耸肩,一副无所谓随你说的样子。

"如果我现在回电视台,提醒他们用慢放再看一次现场的录像,你说会怎么样?他们还没那么快把钱转到你账上吧。"墨镜女郎开始施加压力。

"随你的便。"

"看起来手尾收拾得很干净啊。"

"你以为我是像你这样的菜鸟?"孙镜笑了,他终于认出眼前的是谁,"徐大炮。"

女人一把摘下墨镜,怒气冲冲地瞪他:"你叫我什么?"

"徐大炮,呵呵,好吧,徐徐。"

"别读第一声行不行,徐徐,小李广徐荣的徐,清风徐来的徐!"徐徐的眼睛瞪得更圆了。

在大多数的骗局里,一个机灵的漂亮女人总能起到关键作用,徐徐本该是所有老千组合都想要吸纳的热门人才。而且任何内行都得承认,徐徐有天分,有这种天分的人如果不在演员或老千这两种职业里择一而从的话,都是莫大的浪费。

徐徐加入了一个又一个的组合,在这个过程里徐大炮的名声也越来越响亮。

孙镜三年前和徐徐在赤峰有一次印象深刻的短暂合作,他们在一间破屋的院子里埋了块刻着金国女真文字的碑,徐徐的身份是个研究女真历史的学生,孙镜的身份是她的教授。当然还有其他各司其职的职业老千,对象是个有着大肚腩的城管领导。他们试图让大肚腩相信,这是块墓碑,下面是个金国贵族的坟墓,有着大量的陪葬。

他们几乎要得手了,大肚腩已经打算把院子高价买下来,并且给每人一笔封口费,如果不是本已把这个中年男人迷得晕晕乎乎的徐徐忽然说了句,据金文①典籍记载这里如何如何的话……

连徐徐也搞不明白,她为什么总在关键时刻放炮。

"我已经不再放炮了。"徐徐强调。

"可是你如果指的是梁山好汉里的那个小李广,他叫花荣。东汉末年倒是有个将领叫徐荣,但我不知道他的外号是什么。"

徐徐把瞪大的眼睛眯了起来:"花荣?"

"嗯。"

"扯这些没用的干吗,刚才那胖子是你现在的合伙人?"

"噢,我基本已经洗手不干了。你知道我毕竟是搞学术的。"

徐徐拈着墨镜笑得前俯后仰,仿佛忘了刚才的洋相:"那今天是怎么回事,你还不打算承认?"

---

① 金文,特指刻在殷周青铜器上的文字,和甲骨文同出一源,并非指金国文字。

"那些专家席上的家伙靠这个节目不知赚了多少,把假货在电视上鉴成真的,再报个高价,回头转手卖掉。这种手段他们会的多着呢,整个节目组都心知肚明,这么多的油水,不刮一刮怎么行。我说,你不会开着录音笔吧?"

"不用那么费事,现在手机都有录音功能。一副替天行道的口气,我怎么听说,这个节目最初是要请你去当青铜器和甲骨文鉴定专家,后来觉得你没有教授研究员之类的头衔,又太年轻,才换了这个钟鼎文的?"

孙镜脸上的笑容不见了:"看起来今天我们不是偶遇啊。"

"我请你喝下午茶。"

咖啡桌上,红色的小巧手提电脑摆在两个人都能看清的位置。

"在国际古董市场上,这几年甲骨的行情越来越好,几个拍卖行对今后相当一段时间甲骨价格的预期都很乐观。明年三月份,伦敦伯格拍卖行要进行一场甲骨专场拍卖会,拍品的征集现在已经开始了。"

孙镜慢慢转动盛着浓缩咖啡的骨瓷小杯,似乎只想当个旁听者。

"国际甲骨市场上现在都是碎甲骨,高价值的完整甲骨几乎看不见。近几十年国内流出去的甲骨少,海外的大片甲骨都在博物馆或大收藏家手里,但要办好这场拍卖会,至少要有几件压轴的珍品才行。对于能提供'好货'的卖家,拍卖行开出了优厚的条件,比如免除拍卖费,并且以某些方式来保证不会流拍。"

徐徐一边说一边看孙镜的表情,结果让她很失望。

"有客户,有好价钱,只要搞到货就行。你是行家,在国内能不能收到好东西?运出去我来想办法。今天那块东西不敲掉多好,你知不知道送出去拍卖的钱会是那点赔偿金的多少倍?"

"国内的情况和国外差不多。好东西都在博物馆里,藏家手里也有少量的好货,但都不可能拿出来。"孙镜开口说。

"那你的东西是从哪儿来的?"

孙镜一笑,摇摇头,不说话。

"不能告诉我吗?"徐徐抿起嘴,很认真地注视孙镜,眼睛里的神情单纯得像个天真的十岁小女孩。

孙镜耸耸肩。

徐徐用舌尖舔了舔嘴唇,放松了的双唇立刻变得饱满亮红。她上身朝孙镜倾过去,眼角稍稍向上翘起来,多出了一抹二十岁女孩都不会有的意韵来。

孙镜忍不住笑了。

徐徐"砰"地靠回椅背上,恨得磨了磨牙。

"好吧好吧,我也做过功课,情况就像你说的那样。"徐徐把孙镜的甲骨放到一边,照原计划说了下去。

"不过呢,大多数的甲骨珍品还是藏在国内,他们的主人愿不愿意出手并不重要,我们可不是古董贩子,不是吗?"

徐徐说着,摆弄了几下她的电脑,屏幕上出现了些图片。

"这些是我搜集的足够分量充当伯格拍卖会压轴大戏的甲骨。这是小屯村二号坑出土的商王卜猎牛肩胛骨,现藏在辽博;这块龟腹甲是……是……"

"1991年,安阳花园庄出土,现在安阳殷墟博物馆。"孙镜淡淡说。

"好吧你是行家。"徐徐打了个响指,"其实我已经选定了目标,这个,你觉得怎么样?"徐徐切换掉了幻灯片模式,找出一张图片放大到全屏。

这不是甲骨中最常见的龟甲和牛肩胛骨,也不是肋骨或腿骨。它的形状就像个下沿残破的圆灯罩,在生物的骨头里,会有这种形态弧度的,就只有头骨。

确切地说,这是人头骨的一部分,是被切下来的天灵盖,但是切面并不平整。在头顶心的位置钻了个圆孔,圆孔的周围是一圈甲骨文字。

"上博(上海博物馆,后文简称"上博")的巫师头骨。"孙镜盯着图片看了好几秒钟。

这是件非常特殊的东西,甚至比藏在加拿大皇家安大略博物馆的纣王所猎镶绿松石雕花虎骨更特殊。许多人猜测头顶心的圆孔本该也镶有绿松石之类的宝石。

"没错,我选它有两个理由。第一,上海我们地头熟,可以用的手段多;第二,我知道有个钱多到没地方用的人,打算出两百万向上博借这件东西做三个月的研究,不过被拒绝了。所以只要我们速度够快,在送去拍卖之前可以额外多赚一笔。"

"请把'们'字去掉。"孙镜说。

"嗨,我知道你是老千里最好的甲骨专家……"

"你总是不恰当地多加几个字,请你把'老千'这两个字去掉。"

"好吧最好的甲骨专家,我知道你的手段,这事只要我俩搭伙,就不再需要其他人加入了。想一想,这是至少几百万欧元的生意。"

"想一想？老实说我真不知道你在想些什么。"孙镜毫不客气地说。

徐徐被孙镜接二连三刺得挂不住了，沉下脸说："怎么了？"

"我猜那个拍卖行派了人到中国来收集甲骨，这就是你说的偷运出去的渠道吧，说不定他们更愿意出高价买断。你是知道了这个消息，才起的念头吧。我想就算你不找我，用不了多久，我也会知道这个消息。"

徐徐的脸色更难看："你是觉得不用我自己也可以干是吧。"

"恰恰相反，我觉得因为某个拍卖会缺少拍品而决定策划一场行动，这真是个笑话。每个月都有那么多拍卖会，每个拍卖会都希望多一些珍品，拿着大把钱想买到心目中宝贝的人更是多到数不过来，难道在你看来这都是'潜在客户'？"

"在聪明人眼里原本这个世界就充满机会。"自命为聪明人的徐徐说这句话却显得不太够底气。

"看起来你是真正爱这一行，我来告诉你一个基本的法则。没错，我们干完一票可以赚到不少钱，但我们不是因为钱而决定干哪一票的。这个世界上钱到处都是，许多情况下它被主人看得很紧，而在另一些时候，则是我们的机会。"

"嗯哼。"徐徐努了努嘴。

"当一个人暴露出弱点的时候，就成了一只可以下手的肥羊。根据他的弱点我们来决定干不干，怎么干。所以你策划一个行动，根据的应该是人，一个变成肥羊的人，而不是钱。否则你会像只无头苍蝇，处处碰壁。"

孙镜笑了笑,又补了一句:"就像现在这样。"

"但每个人都是有弱点的,难道就不能先定下目标再寻找关键人物的弱点下手?"徐徐不服气地说。

"你在说一种境界。你很有天分,再修炼个三四十年大概就能达到了,我看好你。"

"看起来我在浪费时间!"徐徐说。

她飞快地把电脑关上,塞进包里。孙镜一动不动目送她离去。

徐徐站起来,推开椅子,又拉回来,重新坐下。

"几百万欧元。"她说,"我觉得我们应该慎重考虑一下。"

"别想着钱,那会让你什么都看不见。"孙镜竖起手指摇了摇。

"我对上博的情况很熟悉,我相信你比我更熟悉。"

"真是固执。"孙镜叹着气摇头,"那就看看你选了个多糟糕的目标。一个不可能完成的任务,你明白吗?无论你已经想了什么方案,把巫师头骨从上博取出来,那也只可能低价悄悄出给嘴巴严实的买家。这是中国的国家藏宝,拿去参加一个国际性的公开拍卖会?你去找热爱被通缉的疯子合作好了。"

"我是还没想出什么方案,但是我相信一定存在一个方案可以绕过这些麻烦。你难道不喜欢这种危险但刺激的挑战吗?我想你喜欢。"

"漂亮女人总是很自信。如果你喜欢刺激,可以选择从悬崖上跳下去。那样你会有几十秒钟来享受这种感觉。"孙镜喝干了小杯子里最后一点咖啡,把杯子放回桌上。

"喂,从电视台里拐出来的这点钱就让你心满意足了?钱是留不住的东西,说不定什么时候就会一分不剩。"徐徐双手做了个一场空的手势。

"很高兴遇见你,但我不喜欢被威胁,所以就不买单了。"孙镜站了起来。

"我会再找你的,说不定我很快会想出一个方案。"徐徐冲他的背影喊。

徐徐的叫喊让孙镜不自觉地摇了摇头。

"和一门大炮合作……那还不如去跳崖,有阵子没运动,降落伞都要发霉了。"他喃喃地说。

打开信箱的时候,孙镜瞧见了一样不属于自己的东西。他有些心不在焉,所以直到发现今天的晚报还没到,准备关上信箱门的时候,才注意到在信箱的顶上,摆着一盒蛋糕。

孙镜的信箱比别家要大许多,这是为了能放下订阅的一堆杂志而特意订制的,多半是考古类专业杂志,很厚实,并且总是挤在一起来。蛋糕盒像顶帽子一样放在信箱上,有一小半悬空着,很显眼,可他居然没有第一时间发现。现在被他开门关门把盒子带歪了,眼看就快掉下来。

孙镜用手扶了扶,然后取下盒子。拿在手里的感觉比意料中轻,或许是谁把蛋糕吃了一大半后随手乱放。

他打开盒盖,看见的是一只把头和脚紧紧缩进壳里的乌龟。

一只活的山龟,巴掌大小,脚爪缩得不太努力,还露了一小点在外面。

这是一位信使。在龟背上,有很新鲜的刻痕。孙镜把蛋糕盒转了个角度,使龟甲上的字正对他。

一串歪歪扭扭的古怪字符,但对孙镜来说却非常熟悉——甲骨文。

孙镜一眼就认出了后四个字,是"召乃观演",等他又花了一会儿把第一个字认出来的时候,不禁哑然失笑。

刻上这些字的人显然并不是个甲骨文专家,他在第一个字上犯了个蹩脚的错误。这个字该是这样的:。

虽然甲骨文里有许多字左右或上下结构可以互换,但这个字在以往出土的任何骨板上都没见过上下互换的写法。从做学问的严谨角度,没见过的不能生造,所以这个字当然是写错了。

这个字是"余","余召乃观演"。在甲骨文里,"余"的意思是我,"召"的意思是介绍,"乃"就是你,"观"是察看,"演"则是长长流淌的水。

一个外行偏偏要用甲骨文刻字,还是刻在一只活龟上,放进蛋糕盒里摆在他家信箱顶。这只能是为了引起他的好奇心。

但孙镜却不太明白,这句话连起来是什么意思。

孙镜托着盒子的手很稳,乌龟慢慢把脑袋和四肢伸了出来,试探着朝旁边爬了一小步。一角红色纸片从它的腹甲下露了出来。

孙镜一把抓起乌龟,下面是一张戏票。

三天后的一场话剧,剧名叫《泰尔》。

甲骨文里并没有指代演出的字,原来这个"演"字用的不是本义,而是今天通行的含义。

请我去看戏？孙镜琢磨着,有点意思。

很高明的手段,比起来,下午徐徐的方式显得粗糙而莽撞。他的好奇心的确被勾起来了,这个不知名的邀请者已经成功了第一步。

三天后的这场话剧,会有什么更有趣的事情发生呢？孙镜有点期待起来。

期待总是具有神秘的负面力量,越是期待的时候,就越可能有一个完全在想象之外的东西,突兀地降临在面前。

二、预 言

孙镜并不经常看话剧,不过既然决定去看《泰尔》,他就在网上查了这部戏的资料。

这是一部具有传奇色彩的话剧。传奇的不是戏的内容,而是这部戏本身。

这部戏出自二十世纪上半叶鼎鼎大名的作家茨威格之手,但却不知什么原因,被埋没了大半个世纪,一直到去年这部剧的德文原稿才被发现。而发现的地点,居然是在中国。确切地说,就在孙镜居住的这座城市——上海。

去年著名演员费克群因为哮喘病突发去世,他的侄子费城在整理遗物时发现了这部手稿。他决定把这出戏译成中文,在中国上演,并自己担纲导演和男主角。

原本这出戏应该在去年年末就上演,可是导演兼男主角费城,却在首演前失足摔进苏州河里,溺水而亡。

所以这部戏能在今天首演,也是经历了许多的波折。现在离首演开场,还有两个小时。

孙镜知道在戏院的旁边,有一家很不错的牛排馆子,慢慢踱过去,吃了午饭,差不多时间刚好。

这是一条比弄堂稍宽的狭窄小街,本该杂乱拥挤充满市井气息。不过因为此地快要拆迁,一多半的居民都迁走了,反倒有些安静。已经过了寒露,按农历是晚秋了,阳光却舒服得像在春天,让走在小街上的人多了几分悠然。

美琪大戏院就在小街那头的不远处,孙镜拖着步子往前走,心里想着,那位送信的人会在戏院的门口等着他,还是会在看戏时紧邻着坐在身边,又或者他会收到另一只驮着信的乌龟?

这样猜测的时候,他听见了一声惊叫。

这叫声是从小街那头传来的,声波已经在小街弯弯曲曲的拐角上折撞了好几次,但无比惊恐的情绪却一点都没减弱。就好像有个骑着扫帚的幽灵女巫,"呼"地从身体里一穿而过,让他情不自禁地向后微微一仰身。

隔了两秒钟,又是第二声尖叫。

空气里的安逸已经完全撕碎了。

孙镜正走到"S"形小街的中段,看不见发生了什么事,往前走了几步,就瞧见路边的一家烟杂店里,有个六十多岁的老女人捂着脸蹲在店口发抖,旁边的年轻女人正在小声安慰她。

再向前不远就是街口了,那儿已经围起了一圈人。一个三轮车夫脸色煞白地从人圈里挤出来,摇着头跨上载着旧家具的黄鱼车,狠狠蹬着踏板,逃跑一样地骑走了。周围不断有人凑进去看,都有了心理准备,却还是忍不住发出一声声此起彼伏的惊呼。又有人抬起头往天上看,孙镜跟着把目光抬高,却没发现什么异样。

等他走到跟前,挤到圈子里一看,虽然没有惊叫出声,心脏却也猛地抽搐了一下。

一个年轻女人仰天倒在地上,手脚轻微抽动着。阳光晒着她青白的脸、鲜红的血。血是从脑后漫出来的,在边上,是一个破碎的种了仙人掌的瓷花盆,看样子有十几斤重。

孙镜又抬起头,面前是一幢四层高的老房子。二层到四层的阳台上,都种了花草。

"四楼的那家。"他听见旁边有人说。

"这就是飞来横祸,飞来横祸啊。那么漂亮的女孩子,真是造孽。"

他低下头看了女人一眼,已经有人打了急救电话,但多半是救不活了。

这样的惨境下,依然能看出她真是漂亮得很。只是这却更添了生命无常的残酷,让人心里发凉。

女人睁着眼睛,目光散乱。孙镜不知道此刻她是否还有清醒的意识,或许她的魂魄正在离体而去。

她的手脚又是猛一抽,眼神却凝聚起来,直勾勾的让人心寒。孙镜觉得她好像在看自己,其实她应该已经陷入临终前的幻觉了吧。

女人的嘴巴忽然张开,气流从唇齿间涌出。她努力地想要说些什么,嘴拼命地一张又一张。她把生命最后的力量都用在了这上面,但却没能让声带重新工作,只发着让人莫名所以的"弗弗"声。

孙镜被她看得很不舒服,从她眼睛盯的角度,仿佛是在和自己说话似的。可分明自己不认识她。

他退出人群,一辆警用摩托已经停在街口,巡警匆匆忙忙跳下来,和他错身而过。

孙镜耸了耸肩,想把冒出来的鸡皮疙瘩抖掉。快走到戏院的时候,一辆救护车拉着警报飞快驰过。

牛排馆在美琪大戏院斜对面的梅龙镇伊势丹百货大楼里,可是孙镜觉得自己已经一点胃口都没了。谁经过刚才这么一场都会没胃口的,而且那女人最后的眼神着实有些瘆人。

不吃饭的话,现在干什么呢？戏院的门口贴着《泰尔》的大幅海报,一个戴了顶棒球帽的女人正站在海报前。孙镜走到她侧面,就瞧见了那副熟悉的大号太阳眼镜。

"徐徐？"

"啊。"徐徐看到孙镜,显得很意外。

"你也来看首演？"孙镜本来有点疑惑,见到徐徐的表情,就明白这只是巧遇。

"嗯。"

孙镜抬头扫了眼海报,突然愣住了。

海报上有主要演员的头像,其中的一张脸,他才见过。他的目光往下移,看见了女主角的名字:韩裳。

原来她叫韩裳。

"不会有首演了。"孙镜叹息着低声对徐徐说,"女主角死了！"

徐徐一激灵,转头盯着孙镜,脸色很难看。

"十分钟前,她被高空坠落的花盆砸在头上,就在前面那条街。你应该听见救护车的声音了,我看见她躺在那里,没救了。"

"太可怕了。"徐徐说。

"你怎么了？"孙镜问。他发现徐徐有些不太对劲,墨镜上沿的额头有细汗,只是听见一个陌生人的死讯,应该不会有这么大的反应。

徐徐没有立刻回答,她抬头看了海报一会儿,才说:"你知不知道我今天为什么会来看首演?"

"因为你是一个话剧爱好者。"孙镜随口回答,他只是想调节一下气氛,其实更多的是调整自己的心情,从刚才的一幕里解脱出来。

"这部戏的女主角就是那个出两百万的人。"

孙镜张开嘴,又闭了起来。他想起两天前徐徐在咖啡馆里的话,她之所以选择巫师头骨作为目标,一个重要的原因是有个出两百万想借头骨研究的人,这能让她多赚一笔。

饕餮玉戒又转动起来,巫师头骨、甲骨文、龟背信、在面前走向死亡的陌生女人。毫无疑问他等待的送信人已经不会出现了,某些疑问现在成了解不开的死结。

难怪他被盯着的时候会如此不舒服,因为她真是在盯着他,而不是看见了缓缓打开的通往天堂或地狱的入口。对孙镜来说韩裳是个陌生人,但韩裳却是认得他的。他相信自己的判断,韩裳就是送信人,甲骨文是冷门的学问,不会再有其他的巧合。

一个还没出名的年轻话剧演员,一个出两百万想研究甲骨的人,这两者之间无论如何都很难联系起来。而这个女人又突然死了,真是太古怪了。

孙镜嗅到了诡异的气息,不仅诡异,而且危险。如果今天韩裳没有死,自己会被卷进什么样的事情里呢?

"现在没有两百万了,或许我真的应该考虑换一个目标。"徐徐说。

"这么说,你还是没想出任何方案?"

"咳咳,"徐徐额头的汗快干了,她伸手抹了一把,说,"我可没想到会这么快又碰到你。"

孙镜"唔"了一声,眼神又移到了海报上。韩裳的脸庞精致秀美,可是刚才那张青白的脸却从记忆里一点点浮起来,两张同样却又天差地别的脸交叠在了一起。

徐徐被孙镜扔在一边,有些不自在。她不知道是该灰溜溜地走开,还是尝试再一次说服这个死样怪气的男人。

无名指指根戴着玉戒的地方湿漉漉地渗出了汗,孙镜把戒指褪下来擦了擦,又重新戴上,走下戏院的台阶。

然后他转过身,见到徐徐还站在台阶上,就问:"你还记不记得,我说巫师头骨是个不可能完成的任务?"

徐徐撇了撇嘴,没搭话。

"你看过那部片子吗?"

"《不可能完成的任务》?那个电影拍了好几集,就第一集好看。"徐徐犹豫了一下,也走下台阶。

"所以其实那些任务都被完成了。"

最后两级台阶徐徐是一步跳下来的,她摘下墨镜,眼睛闪闪发亮。

"你答应了?你想到办法了?"她语气里除了惊喜还有些不敢相信。

"我不和徐大炮搭伙。"孙镜说。

"我不是徐大炮,我是徐徐。"徐徐大声回答。

像是在做担保,她"啪"地立正,两条穿着黑丝袜的长腿并拢,高跟鞋在地面上敲出响亮的声音。

"哎哟。"她叫起来。

"怎么?"

"刚才跳下来的时候扭到了,鞋跟太高。"徐徐弯下腰去揉着脚踝。

孙镜叹气。

徐徐直起腰来的时候,肚子发出"咕"的一声。

"吃饭吃饭,我请你吃很好吃的牛排。"她说。

"我没胃口。"

"我也没胃口,这样最好,点一人份就够了。"

"事情都扔给我,那你干些什么?"从牛排馆出来的时候,徐徐抱怨。

"我负责告诉你怎么干。"孙镜回答。

"切。"徐徐挥了挥手,带着一脸的笑容离开了。

她拐过街角,越走越慢,最后靠着一个电话亭停了下来。

她的笑容已经不见,呼吸也沉重起来,手指在电话亭的玻璃门上无意识地敲击着。

就这么站了一会儿,她把墨镜重新戴起来,整了整棒球帽的帽檐,顺着来路,慢慢走了回去。

经过海报的时候,孙镜又多看了一眼。和徐徐一样,他也选择了原路返回。小街的街口多停了两辆警车,依然有围观的人。

那个叫韩裳的女人当然已经不在地上,只剩一个白笔画的人形。

但血还触目惊心地凝在那儿。

旁边一个中年人被带上警车,临上车的时候还在用上海话解释着:"阿拉屋里的花盆都放的老牢的呀,哪能会掉下来,各个事体真是……"

"让开了让开了。"警官对围观的人群喊,然后他抬起头对四楼阳台上站着的警察叫道:"再试一次。"

阳台向外搭出块放花草的木板,在一盆吊兰和一盆月季之间,有个明显的缺口。缺口处留着泥印子,一块普通的红砖现在被竖着放在泥印上,四楼的警察用一根手指点在砖后,轻轻前推。

红砖在空中翻滚着,迅速坠落,和人行道碰撞的瞬间迸散成大大小小的碎块。

下面的警官转头问旁边的一位居民:"刚才真的没风?"

"好像有一点。"那老人又不确定起来。

落点不对?孙镜立刻明白了这个简单实验的用意。

现在警察的眼睛倒都很毒啊,居然发现了花盆原本位置和掉落位置并非垂直,有小小的误差。

从这块红砖来看,误差了小半米。也就是说如果没有其他因素影响,花盆该落在韩裳脚边,吓她一大跳。

但是可能有很多因素的,孙镜向小街的另一头走去,心里想着。

比如当时有一只鸽子落在花盆上,让它重心偏了,掉下去的时候撞了旁边的花盆一下;比如韩裳被砸中的时候跟跄了半步才倒下去,所以现在推算出的她原本所处位置是不准的。后者的可能性很大,人在行走的时候有向前的惯性,不可能那么干净利落地直接倒下去。

当然,还有风。

自己能想到的,警察当然也想得到。所以,这还是一宗意外。

孙镜忽然有些警觉,他发现潜意识里,自己似乎正在往非意外的地方想些什么。

"是鬼索命,是鬼索命,我要去讲!"

孙镜听见了一个充满恐惧的声音,转头一看,却是先前见到的烟杂店老妇人。她想要从店里冲出来,被死死拉住。

"侬有毛病啊,侬阿是毛病又犯了。"拽着她的年轻女人凶她。

孙镜的脖子上又起了鸡皮疙瘩,他忽然想到一件事,在店门口停了下来,转回身去看。

没错,这儿虽然离出事的地方不远,但小街弯曲的弧线,让他无法看见韩裳倒下的位置。他都看不见,待在后面烟杂店里的人当然更看不见。

老妇人伸出一只手对他用力招:"侬阿是警察同志,我跟侬讲,是鬼索命啊,警察同志,我看见的。"

"哎呀,我妈有神经病的,不好意思哦,这个老神经,侬真的要进医院了。"女儿用力把妈拉回店去。

孙镜用手慢慢捋了捋后颈,温热的掌心把刚起的鸡皮疙瘩安抚了下去。

只是恰好和死亡事件同时发作的神经病。

或者,这事情不那样简单。

他感觉内心正被某种情绪冲刷着。这情绪并不完全陌生,令他想起从崖上高速坠下时,把整个胸腔都塞满的恐惧,迫在眉睫的死亡危险会不断提醒他,快拉开降落伞。但他偏要再等一等。

心灵就像沙滩。汹涌的潮水一次又一次把沙变得更细更坚硬,不过要是扑过来的浪足够凶猛,也许会挖出沙滩下埋藏的宝藏。比如2004年末的那次海啸,在印度马哈巴利普兰的沙滩上冲出了一尊尊千多年前的石雕。

人都很贱,只是各自不同。孙镜自嘲地一笑。

"弗弗弗",孙镜嘴里发着奇怪的声音,走进了自家的小楼。

曾经这幢带着院子的三层小楼都是他家的,洋楼的外墙铺着马赛克,八十年前这相当摩登。院子里有一棵很粗的广玉兰,开花的时候关紧窗户也挡不住郁郁的香。四十年前楼里搬进了好些不请自来的邻居,在当时这没什么道理好讲。现在孙镜拥有的,是二楼的三间房,外加一个厕所。

今天的信箱很正常,孙镜关上小门,穿过狭窄的过道,走上楼梯。

"弗弗弗",他又开始了。韩裳临死前的一刻,想要对他说的会是什么话?

不,只是一个字,孙镜觉得,韩裳反复想要说出来的,只是一个字。

哪个字这么关键?

孙镜叹了口气。汉语里有太多同音字,并且韩裳说的不会是"弗"的同音字,而是以"弗"为开始音的字,只是快速消亡的生命让她再没力气发出后面的音节。

三间房。一间卧室,一间书房兼收藏室,剩下的就是孙镜正待着的这间。

阳光被百叶窗割成碎片,落在龟壳上。

许多龟壳。

层层叠叠,堆在一起,成了座龟壳山。

龟壳山上的龟壳,都是没有字的。这不是殷商甲骨,只是龟壳而已,里面最古老的一块,其原主的死亡时间也不会超过五年。

屋子的其他角落散落着些面貌全然不同的龟甲。它们相貌古旧,或多或少都有些残缺,上面有一排排钻凿的痕迹,有些被火烤过,在另一面爆成一条条的细裂纹。在殷商时期,这叫作卜纹或兆纹,贞人、巫师根据其走向,来判断占卜的结果是吉兆,还是凶兆。

它们看起来就像是自殷墟出土的珍贵古物,当然,只是看起来像而已。这已经足够了,孙镜觉得自己不仅是最好的甲骨专家,应该也是最好的甲骨造假专家。在这一行,他没几个像样的竞争者。

孙镜看着堆成小山的原料,这里面有山龟有泽龟,原本商朝各地进贡给王都的卜龟,就各有不同。

"喀啦"!

孙镜立刻扫视了一圈,哪里发出来的声音?

"喀啦"!

又是一声,是那堆龟壳。孙镜死死盯着龟壳山,就在他目光注视之下,小山里继续发出声响,然后"哗啦啦"倾倒下来。

孙镜肩膀一松,他想起来自己把那封活的龟甲信扔在这间屋里了。两天没喂它,看起来活力还不错,只是寄信的人已经死了。

孙镜一时懒得去把龟壳重新堆好,反正这间屋子已经够乱的了。他靠在工作椅上,往下一压,半躺下去。

几秒钟后,他猛地挺直身子,直愣愣盯着倒下的龟壳。

有道闪电在脑海中划过，瞬间把原本没看到的角落照亮。

孙镜双手用力撑着扶手，慢慢站起来，走到塌了一半的龟壳堆前，蹲下。他把手伸进龟壳堆里，摸索了一阵。

"见鬼。"他低声咒骂，忍不住在手上加了力量，野蛮地搅动起来。龟壳四散，飞得到处都是。

等他总算停下来的时候，屋里已经找不到几处可以落脚的地方了。他无声地笑着，低下头，开始端详手里这只吓得把头脚缩进壳里的乌龟。

他记得韩裳在这封龟甲信里犯了个可笑的错误，她把"余"字写反了。这是任何一个对甲骨文稍有涉猎的人都不会犯的低级错误，然而韩裳却是准备出两百万，借巫师头骨做研究的人。也许韩裳并不是要做什么学术研究，她不是甲骨学者，多半另有目的。可她会是嫩到犯这种错误的菜鸟？

她写反了。

孙镜眼前浮现韩裳最后的那几个口型。

就是"反"！

孙镜把乌龟转了个方向，没有发现。没有任何犹豫，他把乌龟翻了过来。

余就是我，把我反过来，这是个隐语。

"嚄……"孙镜长长吐了口气。

龟腹甲上有字。不是甲骨文，而是刻得很工整的小楷。

前几个字就让孙镜一惊。

"如因不测让我无法和你见面……"

那不是意外!一声霹雳在心头炸响。

茶几上放着今天的晚报,最上面一张是社会版,头条就是话剧女演员中午当街被花盆砸死的新闻。

不出孙镜的意料,新闻里说,韩裳送到医院的时候,就已经咽气了。死讯确认,他不禁叹了口气。

时钟指向十一点,孙镜从沙发上站起来,换鞋出门。

白天人多眼杂,现在的时间,去韩裳家正好,那儿有一件专门留给他的东西。

有夜风,吹得行道树一阵阵地响。一辆空出租驶过来,放慢了速度。孙镜冲司机摇摇手,他要去的地方步行可达。

龟腹甲就那么点地方,韩裳又不会微雕,当然不可能在上面说明是什么样的东西。但这必然是个关键线索,孙镜相信自己很快就能知道,韩裳为什么会死。同时这也意味着,自己会被完全牵扯进去。

或者自己可以看过之后放回原处,当作什么也没发生过。孙镜笑了笑。

韩裳租的房子离这里很近。附近的几片居民区都是老房子,到了地方孙镜才发现,这幢小楼和他自己家非常像,只是院子小了些。

韩裳住在三楼。晚报的记者把这宗意外报道得很详细,所以孙镜知道,韩母已经晕倒进了医院,所有事情都压在韩父身上,没有谁现在有空来这里整理韩裳的遗物。

不过孙镜还是绕着楼走了一圈,记下了三楼亮灯房间的方位,然后转向花坛走去。

这样的时间,一楼的大门已经关上了。孙镜走到花坛前,再次确认四下无人后,摸出小手电照了照,在左侧外角找到了根插得很深的木筷子。

木筷子下面埋了个小塑料袋,里面有两把钥匙。

孙镜用其中的一把打开了大门,反手轻轻关上,陷入完全的黑暗里。

在这样住了许多户人家的楼里,大门入口处一定会有许许多多的过道灯开关。每家都有一个,韩裳家当然也有。孙镜不知道哪一个是韩裳家的,他也不准备开灯。

借着手电筒的光,他走上楼梯。尽管已经足够小心,每一步踩下去还是发出吱吱嘎嘎的声响。木楼梯老朽得厉害,好像踩重一点,就会陷出个洞来。

三楼,孙镜站在韩裳家的房门前。先前看见亮灯的屋子是另一间,这让他彻底放下心来。

关了手电,孙镜摸着锁孔,把钥匙插进去。

转动的时候感觉很别扭,孙镜用了几次力,心想是不是搞错了大门的钥匙,就又拔出来换一把。

还是开不了。

孙镜换成最初那把再试。黑暗里转钥匙的声音听起来格外刺耳,这时候如果邻居的门突然打开,看见他摸黑在开死人家的门,就麻烦了。

韩裳不可能搞错钥匙吧,怎么会开不了?孙镜手里加了把力,觉得有点松动了。是这把钥匙没错,开老旧的锁常常需要一点技巧,比如得往左压或往右压。

孙镜试着把钥匙压向左边,门突然打开了。

孙镜猛吃一惊,这不是他打开的,有人……

念头才转到一半,脑袋上就被硬物狠狠砸了一下,天旋地转倒在地上。

这一击并没能让他完全失去意识,但头晕得一时回不过神来。给他这一下的人飞快从旁边蹿过,"腾腾腾"跑下楼去。

糟糕,这动静太大了。孙镜知道不好,可他还在恍惚间,从地上爬不起来。

邻家的门打开了,灯光照在他身上。

"哦哟。"一声惊叫。

"老头子,侬快点出来。"受了惊吓的老太婆回头往屋里喊。

邻居老头跑出来的时候,孙镜用手撑着靠墙半坐起来。这暂时是他能做到的极限了,脑袋又晕又痛,摸一下额头上起了个大包,还有血。旁边地上掉了根金属棍,正是打他的凶器。实际上这是根中空可伸缩的室内晾衣杆,幸好如此,否则他的下场可能和韩裳差不多。

不过他现在这副样子已经很吓人了,韩裳家的门又洞开着,把后出来的老头也吓得不轻。

"你是谁,怎么回事?"老头紧张地问。

然后不等他回答,就对老伴说:"快点报警叫公安来。"

"我就是警察。"孙镜说。

"啊?"

"我就是警察。"孙镜镇定地重复,"后面这间屋的主人今天中午死了。"

"从晚报上看见了,真作孽啊。"老太婆讲,但看着孙镜的眼睛里还是有些怀疑。

写在老头脸上的疑问更多。

"你是警察?"他问,"那刚才是怎么回事?你真的是警察?"

"我同事很快就会过来。"

孙镜在两个人的注视下摸出手机拨了个号码。

"徐警官,行动出了点问题。你立刻过来,对,我还在……"孙镜把这里的地址飞快报了一遍,挂了电话。

"你们也看见了,她的死不那么简单。"孙镜说,他见到老头老太婆满腹疑问的模样,又摇了摇手。

"我不会说什么的,这是纪律,你们也不用问。这案子还在查。你们不要出去乱说,这会对破案有影响的。"

二楼的过道灯亮起来,有人在下面问楼上,刚才乒乒乓乓出了什么事。

"噢,没什么没什么,不好意思哦。"老太婆在孙镜的示意下这么说。

二楼的灯很快又熄了,并没有人上来。

"谢谢你们的配合。"孙镜低声说。

"你这个样子,阿要进来……"老太婆说到一半,就被老头碰了一下,住嘴不说。

"你先进去。"老头说。

老太婆知趣地回屋。

警惕性真高,孙镜在心里想。他慢慢站起来,把手伸进衣服口袋。老头紧盯着他。

孙镜摸出烟,扔了一根给老头。

直到烟抽了大半,老头才开口问:"那你是便衣?"

孙镜点头。

又过了一会儿,老头问:"刚才的事情,不能问?"

"可以问,但我不方便回答。"孙镜又摸出支烟,递过去。

"不抽了,要是没什么事,我也想回去睡觉。"

孙镜耸耸肩:"应该不会有什么事了。"

老头笑笑,皱纹里是说不尽的世故味道。

"那就不问,不过你说你是便衣,有警官证吧。"

孙镜嘴里发苦。

"不会没带着吧。"

孙镜的手机响起来,他赶紧接听。

"我在三楼。"他说。

"我同事到了。"他放下手机对老头说。

刚才敲闷棍的家伙飞快地跑出去,顾不得带上大门,没过多久,徐徐就出现在了孙镜面前。

她来的速度出乎意料地快,而且及时。

"怎么搞成这样?"她说。

还没等孙镜串供,老头就开口了:"也是便衣?"

牛仔裤、网球鞋,便得不能再便了。这个时候孙镜才注意到,她的装束和白天见面时已经大不一样。

"能不能看看你的警官证。"老头接着问。

徐徐看了孙镜一眼。

孙镜也看看她。

"你也没带着啊。"老头说着,身体往后让了让。

徐徐伸手拉开坤包,一阵翻腾,然后拿出个小本,往老头面前一晃,又收了回去。

"慢点慢点,我没看清楚。"

夜路走多总要撞到鬼,孙镜彻底认栽,悄悄给徐徐比了个跑路的手势。

"那就给你看清楚。"徐徐一甩手,把证件扔给老头。

孙镜眯起了眼睛,看着老头很认真地端详,然后把证件还给徐徐。

"真是不好意思,我看电视里总有人用……那个,呵呵,那不打扰你们执行任务了。"老头赔着笑脸,说完就回自己屋去了。

孙镜把徐徐拉进韩裳的房间,光明正大地打开灯。

"刚才我以为要穿帮。"

"有些东西我是常备着的。"徐徐又从包里摸出记者证和学生证,在孙镜鼻子前面晃了晃。

"就他那老花眼还看,看一百年都看不出假来。救场及时吧,跟我合作准没错,你脑门要紧不?"

徐徐拿出纸巾去拭孙镜额头上的血。其实能瞧出没什么大伤,但之前孙镜在她面前姿态拿捏得叫人牙痒痒,现在好不容易落了难,让徐徐忍不住想要欺负一下,手上的动作当然不怎么轻柔。

孙镜痛得直抽凉气,一把捏住徐徐的手。

"我自己来吧。"

"不解风情的家伙。"徐徐撇撇嘴,把手轻轻抽出来,留下纸巾在孙镜掌心。

"风情……"孙镜小声嘀咕,苦笑摇头,把纸巾覆在额头上,偷扫了眼徐徐的手。刚才急痛之下稍用了点力气,却并没在她手上留下捏痕,不知怎么她的手一滑一转就溜出去了。

"你怎么搞得这么狼狈?"徐徐问着,右手细长的手指忽然像涌来的波浪,一起又一伏。孙镜赶紧转开视线。

"等会儿出去再和你说。"孙镜开始打量这个房间。

整洁的房间,所以打开着的储物柜就格外引人注目。似乎刚才那人也在找些什么。

孙镜把沾血的纸巾揉成一团放进兜里,搬了张椅子,脱了鞋站上去。徐徐眯起眼睛,狐疑地看着他踮起脚,把手伸进了吊灯的灯罩。

当某个重要的东西就在触手可及之处,你最好想一想再伸手。因为它的重要程度往往和对目前生活的破坏力成正比。

三、通往内心的实验

从小楼出来,拐上了大街。孙镜手插在口袋里,优哉游哉地往前走,可是因为脑门上过于明显的肿块,这种故作悠闲的姿态让人看了想笑。

好在现在路上没什么行人,只有徐徐走在身边,时不时拿眼瞅一下他。

"卖关子也要有个限度,你到底拿到了什么东西,再不告诉我,我就真翻脸了。"徐徐终于忍不住,一肚子的怨气怒气。

"三天前,我收到了一只乌龟。"孙镜用几句话就讲完了这个并不复杂的故事。其实这个故事应该很复杂,但是现在发生的才只是个开头。

说完他把手抽出口袋,摊开手掌,那儿躺着个小小的方形薄片。

徐徐一把抢过去。

"存储卡?4G容量的存储卡,手机照相机什么的都用得到,难道里面放了一堆艳照?"

"嗯,你的猜想很诱人。"

"切,其实我猜里面有个瑞士银行账号密码,或者是份机密情报,她别是个间谍吧。"徐徐打量着存储卡,好像她的目光能深入其中的存储介质,解读出内容似的。

"听起来像是哪部电影的情节。"孙镜用手按着额头,轻轻揉搓着,希望头上的大包可以早点消退下去。

"生活总是比电影更传奇。"徐徐回答。

孙镜停下脚步。

"我家就在前面了。"

"这么近啊。"

孙镜把手放下来,看看徐徐。

"那么,你是准备回家睡觉,还是怎样?"

徐徐瞪大眼睛:"这有什么可问的,难道你这么晚把我叫来救急,是打算用完就扔的?"

孙镜笑了笑:"深夜请女人到家里坐坐,容易被误会别有企图。"

"没关系,头上长角的男人诱惑不到我的。"

"其实最好你能克制一下好奇心,这件事原本和你没一点关系,别告诉我你没闻出里面的危险。"

"你觉得自己说这话有说服力吗?"徐徐看着孙镜头上的大包说,"不好奇你会晚上到别人门口领个瘤?不好奇韩裳刚在你眼皮底下死了你就答应我合伙搞巫师头骨?她出两百万要借这东西,为了什么?我猜答案就在里面!"

她捏着存储卡在孙镜鼻子前晃:"本来巫师头骨就是我们的目标,得把它的价值榨干净了才能出手,否则就亏了。两百万啊,韩裳可真舍得花钱,你说这里面的东西会值多少?"

"她死了。"孙镜从徐徐手里抽走存储卡:"如果你不怕死,就跟我来。"

他往弄堂里走了两步,回头一看,徐徐杵在弄堂口没挪地方,不由意外。不过一转眼,她就快步跟了上来。

等徐徐追上来的时候,孙镜却没接着往里走,而是在嘴前竖起一根手指,眼睛盯着弄堂口。

"有人跟着?"徐徐把声音压得很低地问。

"也许。"孙镜蹑着步子走回弄堂口。他稍稍停了停,然后突然一步就冲了出去。

徐徐跟着也跳了出来,却什么也没看见,急着问:"你看到什么了?"

"好像有个黑影,没看清楚。"孙镜盯着前面的那片脚手架,刚才他冲出来的时候,那下面像是有什么一闪。

"我过去看看。"孙镜又按了按额头,刺痛让他更提起了精神。不管怎样,别让人再照着这里来一下,否则乐子就大了。

"逞什么能。"徐徐小声嘀咕着,跟在孙镜的侧后方,两人一前一后斜错开,向脚手架下走去。

这儿一片的老建筑因为和城市历史血肉相连得以保存下来。前面人行道上的一段脚手架,是因为修补外墙的小工程搭起来的。现在工程完成了,明天就要把这些竹竿竹片拆掉。

略显秋寒的深夜里,这条普通的小街上行人已经很少了,即便偶有经过,也会避开这段脚手架,绕道而行。

脚手架上几层铺着的层层竹片挡住了路灯的光线,把底下的通道变成黑穴。向那儿望去,就觉得阴影暗影黑影交叠重重,仿佛是通向另一个世界的入口。刚才孙镜这么匆匆一瞥,实在不能肯定里面是的确有什么,还是自己眼花看错。

　　走进脚手架的时候,孙镜放慢了脚步。尽管从远处看这里黑洞洞的,但走进去后,并不会暗到看不清东西。脚手架总长也就十米多,孙镜小心地扫视着,耳朵也竖了起来。眼前都是一根一根手臂粗细的竹筒,并没有能藏人的地方,听见的是微风吹在脚手架上的吱吱嘎嘎,还有身后徐徐的脚步声。

　　真的是看错了?

　　孙镜停在这段脚手架的尽头,这里是正在维修的大楼入口。入口的门开着,里面没有灯,真正的一片漆黑。而就在前面几步,走出脚手架后,恰好是一个弄堂口。这弄堂并不是条死胡同,里面有通到其他出口,甚至是隔壁街道的小径。

　　他回头看看徐徐,还没说什么,一阵风吹过,脚手架又发出了吱吱的声响。

　　这次不一样,风很快过去,声响却没有停歇,反而越发地刺耳起来。

　　细小的石子掉在头上,孙镜用手一掸,抬头向上看。

　　脚手架在晃动。

　　也许脚手架搭得并不牢固,可就算有松动的地方,现在又不是台风天,怎么会晃成这样。就像有个大力士,抓着某根撑地竹子在拼命地摇动着。

　　"怎么回事?"徐徐惊讶地问。

　　"快出去。"孙镜一下蹿出脚手架,又多跑了十几步,直到彻底离开它的范围。徐徐紧跟着他,步伐却像穿了高跟鞋似的不太灵变,很有些狼狈。

等两个人回头再看的时候,脚手架的摇晃慢慢停歇了下来,终究没有倒。他们互视了一眼,都觉得这事说不出的诡异。

"呀!"孙镜忽然叫了起来。

"怎么啦?"惊魂未定的徐徐忙问。

"我刚才跑出来的时候太紧张,手握的力量太大了。"

徐徐目瞪口呆地看着孙镜摊开的手掌,躺在那儿的存储卡凄惨地在中间部位出现了角度很大的弯折,差不多可以说是折断了。

"噢,噢,你这个这个……"徐徐气得话都说不利索了。

"嗯,那个说不定拿去修修还能恢复。"孙镜用非常心虚的声音说。

"这种物理破坏怎么修啊。搞成这样,你手里下死力啊,哎呀。"徐徐恨得把牙咬得喀喀响。

"说不定能修好呢。"孙镜把存储卡拿在眼前,像是想找个路灯光线好的地方,好好看看损坏情况,却没注意脚下,不知绊到什么东西,整个人向前扑出去。人以极难看的姿势趴到了地上,手里捏着的存储卡也飞了出去。

徐徐几乎看傻了,她眼瞧着存储卡直飞到脚手架边的弄堂口才落了地,又弹性极好地反弹起来,掉在人行道沿的下面。

徐徐小跑过去,低头看了看,又看了看,回过头瞧着刚爬起来,还在掸灰的孙镜。

"你今天出门看过黄历了吗,存储卡掉进下水道里了。"徐徐有气无力地说,她已经饱受打击了。

要是存储卡完好无损,想办法掀开阴沟盖子捞出来说不定还能恢复数据,不过现在嘛……

两个人在路灯下拖出长长的背影,一般的垂头丧气。

走到孙镜家的弄堂口,徐徐又重重叹了口气,说:"刚才要是别管有没有人跟在后面,有多好。"

毫无意义的马后炮。要不是沮丧之极,徐徐也不会这样抱怨。说完她冲孙镜摆摆手,转身要叫出租,却又回转来,拿了张纸巾递给孙镜。

孙镜一愣。

"伤口又出血啦。"徐徐见他没接,便把纸巾在他额头轻压一下,然后折几折再覆上去,松开手,纸巾粘在创口上没掉下来。徐徐一笑,轻轻耸肩,走到路边向开来的空出租车扬手。

出租车减速停下的时候,徐徐听见身后有个声音说:"要不要到我家喝点什么?"

徐徐转过身,看见孙镜还站在那儿,未曾离开。

徐徐侧着脸看这个男人,停了一会儿,才说:"你知不知道自己现在的形象有多难看?"

头上的血被擦干净了,但大包还是很明显,一身衣服也皱巴巴且满是灰。徐徐纳闷孙镜在这种情况下怎么还能露出这样的微笑,就好像是舞会上向坐在角落的水晶鞋姑娘邀舞的王子。

"也许你会感觉……"他停了停,像是在想一个合适的词,然后说,"满足。"

"哦天哪,我想我正在遭遇这辈子最蹩脚的挑逗。"

出租车已经开走了,孙镜耸耸肩:"好吧,让我扮绅士再为你叫一辆。"

"看在你今天很背的分儿上,或许我该发发善心。"徐徐朝孙镜飞了个勾人的眼神,"其实我满期待,你还会有哪些拙劣的小花招。"

"小花招吗,你会看到的。"

两个人往弄堂深处走去。

"从韩裳那里出来我就在想,把晾衣杆敲在我头上的家伙,他应该很好奇,我这个在半夜开门的人,到底是什么来路。"说完这句话,孙镜把房门打开,向徐徐比了个"请"的手势。

"所以他虽然当时很惊慌地跑了,但说不定并没有跑得很远。屋子里乱了点,单身男人住的地方总是这样,你先坐坐,我去洗把脸。"

等几分钟后孙镜再次出现在房间里,已经换了套干净的衣服,额头上也清理过,看上去好了许多。

徐徐瞪着他,说:"为什么我感觉你又开始卖关子?"

孙镜一摊手:"哪有。"

"这是什么?"徐徐盯着他的左掌心,那儿有个小东西。

"一个U盘,如果要存放什么资料,这东西绝对比存储卡方便。"

"这才是你拿到的东西?"徐徐的眼珠子都快要瞪出来了。

孙镜微笑点头。

"那刚才的存储卡哪里来的?"

"当然是我手机里的,里面存了很多不错的照片呢。"

徐徐立刻想起先前他手插在裤袋里走路的情景,反应过来他是怎么干的。

"你这个骗子。"徐徐叫道。

孙镜欠了欠身,回答:"你也是。"

徐徐气呼呼恶狠狠瞪了孙镜好一会儿,说:"你居然从那个时候起就打算演这场戏了。"

孙镜又是一笑,在徐徐看来,这种可恶的笑容就像在说:看,这就是差距。

好在孙镜立刻识相地收起笑容,严肃地说:"我根本没想到今天在那间屋里会撞见另一个人。本来我要是能悄悄地拿到这个U盘,不管我看了之后有什么打算,暂时都会在暗处。可这一棍子……"

孙镜摸了摸额头,苦笑:"算是把我立刻卷进去了,不好意思,还有你。"

徐徐歪了歪头,表示对此毫不在意。

"虽然那个人不知道我去干什么,但他既然是去找东西的,那么从己推人,很容易能猜到我的意图。所以我总得做些什么,让危险变得尽量小一点。一路上我们两个人说话的声音都比较响,跟在后面的那位要是耳朵尖一点,总能听到大半。"

徐徐看见孙镜嘴角的那抹浅笑,啐了一口,说:"得意死你。"

"只是让你陪着演了场戏,怎么怨气这么重啊。"

一个骗子被骗了,对徐徐这样一个有追求的老千来说,的确是很严重的打击。不过她现在打算把那一切都忘掉,至少说明自己选择同伴的眼光很棒,不是吗?

"所以现在敲闷棍的以为你什么都不知道,拿到的东西又毁了,算是安全了。"徐徐说。

"暂时离危险远一点而已,毕竟我已经进入他视野了。"孙镜揉着额头,有点遗憾地说,"我最后把卡扔出去,就是想看看藏着的那家伙会有什么反应。想不到掉进阴沟了,怎么这么巧,这一跤真是摔亏了。"

"是啊,真是巧。"徐徐叹息着说。

两个人不约而同地抬眼看了看对方,又都想起摇晃的脚手架来,一时心里有些异样,沉默不语。

略有些压抑的气氛并没有持续很久。孙镜打开电脑,接上U盘,说:"该让你满足一下了。"

徐徐撇撇嘴,凑了过去。

U盘里只有八个音频文件,短的十几分钟,长的近一小时,是韩裳的口述录音。

这并不是韩裳临时录下来的,编号为"一"的那段,录制的时间是去年12月。

这段录音的前十秒钟是静音,只有轻微的"嗞嗞"声,然后一个稍显低沉的女声响了起来。

"我决定重新把《泰尔》排出来,为了……(她的声音在这里停顿了一下,然后就把要说的话跳了过去)所以有些事情我想用这种方式记录下来。"

一个莫明其妙的开头,孙镜想。

"不知道谁会听见我说的这些,我所要说的,都是我经历的,请试着相信。"说到这里,韩裳似乎深吸了口气,然后,她的声音终于变得平稳正常,开始叙述她的经历。

"我叫韩裳,二十四岁,从小我就会做一些让我极度压抑的梦,内容是关于半个多世纪前在一间屋子里进行的很多次聚会,还有住在上海摩西会堂附近的犹太人的生活①,那同样也是我出生前几十年的事了。近几年这些很不愉快的梦变得频繁起来,给我造成了严重的心理问题,所以我在上海戏剧学院表演系毕业后,并没有立刻成为一名演员,而是去华师大考了心理学研究生。我以为可以通过心理学解决自己的问题。"

"在……两个月前。"叙述者的语气在这里又有了些变化,"是啊,两个月前,我觉得已经很久了……只是两个月。我认识了费城,他是费克群的侄子。"

听到涉及了去年猝死的名演员,徐徐挑了挑眉毛,孙镜则开始转指环。

"那是在一个讨论神秘主义的小型沙龙上,当时我还完全不相信这些东西,所以说了很多批驳的话。就是在当场,费城接到了警方的电话,告诉他费克群死了。葬礼后不久,费城找到了我,他的状态很不好,说自己碰到了个大问题。我在沙龙上的那些话让他想到从我这里寻求帮助,他想让我分析一个……诅咒,想听我告诉他,所发生的一切都可以用心理学解释,一切都不是真的。"

"我没能办到,我想这些事情对我来说,大概是注定要发生的。诅咒的源头是茨威格,就是上世纪初很红的那个德语作家。在他 1942 年自杀之前,写了本自传。自传里提到了这个诅咒,关于他写的剧本。他

---

① 1937 年至 1941 年,约三万多名从欧洲各国逃出的犹太难民来到上海。其中大多数居住在以摩西会堂为中心的十几个街区(今上海市虹口区内)。

认为正是自己写的剧本，造成了三位当时最著名的舞台剧明星演员，和一位导演的死亡。总的来说，只要是他写的剧本，在正式演出之前，剧组成员里总会发生不幸。这导致茨威格最后完全放弃剧本，转向小说和传记创作。而费城在帮叔叔整理遗物的时候，发现了一份茨威格从未公布过的剧本手稿，也就是《泰尔》。"

听到茨威格的名字，孙镜和徐徐就都想到了《泰尔》这出戏，韩裳果然随后说到了《泰尔》，一个已经死去的人在说一个会让人死去的诅咒，这不由得让他们开始心寒。

"费克群已经着手准备排演《泰尔》，然后就哮喘发作死了。而费城打算接着把《泰尔》排出来，自己做导演和男主角，并且请好了夏绮文当女主角。"

听见夏绮文的名字，两个人的心里又是一抽。这是个和费克群同样有名的女演员，也已经死了，就在费克群死后不久。

"在一切就绪之后费城才从茨威格的自传里发现这个诅咒，开始担心自己的安全。但整个剧组已经运转起来，他舍不得也没办法停下。于是他来找我，当时他可能只是想得到些心理学方面的安慰。我当然不相信真有这种诅咒，巧合或是一些能给人造成伤害的心理压力和暗示，当时我好像是这么想的。呵呵……"音箱里传来一声让听者心惊肉跳的轻笑，"很快事情就不一样了。"

"先是我的梦境发展到眼前会出现幻觉，然后夏绮文跳楼自杀了。关于我的幻觉，我总是在那些场景里看到名人，比如茨威格、弗洛伊德、达利，还有我的外曾祖父。他是犹太人，曾经是上海摩西会堂的一个拉比。呵……发生了很多事，让我对心理学和神秘主义的态度一点点改变,最后我去了一次摩西会堂,在一些幻觉里,我看见外曾祖父埋下了一个箱子。"

几秒钟的停顿。

"她和你一样喜欢卖关子。"徐徐对孙镜说。

"这算什么关子,她显然找到了那个箱子。"孙镜还没说完,录音里韩裳就接着说了下去。

"就在圣柜室前的地下,我拿到了箱子。然后我意识到,那些幻觉在很大程度上是真实的。我想,某种神秘的力量,让我继承了外曾祖父的部分记忆。箱子里除了外曾祖父的积蓄,还有一份记录。他参加了一个试验,主持者是在晚年倒向神秘主义的弗洛伊德。他想证明,在人的内心深处,潜意识之下的无尽深渊里,有一扇门。那是一切伟大力量的根源,是通向神秘而不可思议的世界的道路。"

"实验是由弗洛伊德设计的,他要求参加实验的人每天通过一块特殊的梅丹佐浮雕铜牌进行某种仪式,这块铜牌是卡蜜儿的作品,专门为这个实验而创作的。"

"梅丹佐是什么?"徐徐问。

"犹太教里最接近神的天使,长了三十六个翅膀和三万六千只眼睛,没有什么能逃过他的感知,足以担当神和凡人之间的桥梁。"孙镜暂停了录音,回答道。

徐徐想象了一下浑身都是眼睛的人,打了个寒颤:"真难看。卡蜜儿呢?"

"那可是个美女,罗丹的情人,据说她的才华让罗丹都感到了压力。"

"真的很漂亮？"徐徐关心的重点居然在这里。

"我见过照片，至少符合我的审美。可惜后来疯了。"

"红颜就是薄命啊。"徐徐长长地，哀怨地叹了口气。

"你会长寿的。"孙镜说。

徐徐眼睛一翻，却想不出话呛回去，没好气地说："接着听。"

房间里的气氛，却是比刚才的压抑好了一点。

"这个实验从1911年开始，持续了很多年。我不知道它什么时候结束，也不确定它有没有结束。现在我只知道，在弗洛伊德死后，另有接替者主持这个实验。不过我的外曾祖父威尔顿在上世纪三十年代来到了中国，不再参加实验者的定期聚会，而他的每日仪式也在一段时间后放弃。这和他剧烈的头痛和越来越糟的精神状态有关。今天我能确信，这正是仪式引起的，仪式的另一个后果，就是让他的部分记忆在四代之后，通过梦传递给我。"

"好像有许多奇怪的事情在参加实验的人身上发生。这些神秘的事情并不受实验者自己的控制，比如发生在茨威格身上的诅咒，他能感觉到自己剧本上的可怕力量，但却无法改变，最终只能停止创作。"

"以上的这些，是我和费城在追查诅咒的过程中得到的一些线索，再加上那些并不属于我的记忆的复苏，才组合出来的。让我难以理解的是，原本非常惧怕诅咒降临的费城，在他死前的一段时间里，却忽然变得轻松起来。与其说是他找到了破解诅咒的方法，不如说他不再相信诅咒的存在。可能是因为费克群的死因，现在看起来，那更像是一场谋杀。但还是有太多难以解释的地方，更何况，现在他也死了。"

说到这一句的时候，韩裳的声音里带上了明显的哀伤。让人立刻就明白了她和费城的关系。

"和《泰尔》这出戏相关的人,已经死了三个,而此前的每次诅咒,都只死了一个人。是这次的诅咒格外凶恶,还是死者中有些仅仅是意外,我相信就算茨威格还活着,他自己也说不清楚。可是……因为……我想他……"

韩裳连续开了三次头,却都没能把这句话说完。沉默了几秒钟,她再度开口。

"我想我的选择并不理智,但人就是这样。我要把《泰尔》再次排出来。也许会死,也许不会。而我想做的另一件事,是尽可能地搞清楚,造成诅咒,还有强加给我的这些记忆的实验,到底是怎么回事。弗洛伊德死了,但实验还在继续,那些人后来都怎么了,会不会有更可怕的事情发生。我能回忆起来的东西越来越多,我想,也许有些线索会在我的脑袋里突然出现吧。"

"可怕……并且伟大的实验。实际上我也是这个实验的结果,但依然难以想象,弗洛伊德竟然真的能设计出这个实验。这比他前半生所有成果加起来都重要得多,他打开了潘多拉的盒子,指引出通向终极的路,顺着走下去,是毁灭,还是新生?我要重新找到这条路,看看在这几十年的时间里,它是已经荒芜,还是有人悄悄又向前走了一段。当我有新的进展时,会录下第二段录音的。"

第一段录音到这里结束。

孙镜点了支烟,徐徐伸伸手,也要了一支。

深吸一口,孙镜开始按照顺序,播放其他录音。

传自韩裳外曾祖父威尔顿的记忆,不管是梦境还是眼前闪回的幻觉,总是无声的。在关于实验者聚会的画面里,她可以看见弗洛伊德躺在一张躺椅上,倾听各个实验者的讲述。实验者们的脸孔越来越清晰,但其中再没见到像达利、茨威格这样著名的人物,所以要找出这些人并不容易。

一直到今年年初,农历新年的鞭炮声中,韩裳忽然又一次看见了聚会画面。这次略有些不同,一个中年人站在弗洛伊德的身边。他就是斯文·赫定①。

他是新的实验者,又或者是弗洛伊德的特殊助手,并可能在他死后继任为实验主持人?韩裳无法判断,但这位上世纪初赫赫有名的探险家,在中国留下了足够多的足迹,可供韩裳追寻。

每当《泰尔》的排演有了新的进度,或者韩裳对斯文·赫定的追查有了新进展,她都会用声音的方式记录下来。

关于前者,只是按部就班地叙述,并没有出奇之处,只有两个沉默的听众知道,最终的结果是多么不幸。

而关于斯文·赫定,韩裳的调查则几经转折。

斯文·赫定曾五次来到中国,最后一次从1926年到1935年。这让他在弗洛伊德实验里的身份变得更难以猜测。因为威尔顿在1935年后已经来到上海,那么他看见斯文·赫定那一次就该在1926年前。弗洛伊德死于1939年,他会那么早就选接班人吗?

可说他是一个实验者,在韩裳得自威尔顿的记忆里,他却只在聚会

---

① 斯文·赫定(1865—1952),瑞典探险家,作家。他五次来到中国,在中国和中亚的探险时间逾三十年,是楼兰遗迹的发现者。

上出现过一次。难道是因为探险而长年奔走于世界各地的原因?

不过再如何狐疑,这是韩裳能切实抓住的唯一一根绳子,她总要试着看看能拽出什么来。

斯文·赫定在中国这么多年,和他接触过的人成百上千。其中大多已经老死,依然在世者也还有许多。韩裳一个个地走访,最后在一位当年曾给斯文·赫定做过翻译的人那儿找到了突破口。

这位叫王展奋的翻译已经有九十七岁高龄,且是老年痴呆症患者。韩裳当然没办法直接从他口中听到些什么,但好在他有一个孝子,照顾他多年,在还未痴呆的时候,不知听他讲了多少遍民国往事。

斯文·赫定1926年第五次来到中国,当时他带了一支由瑞典人、丹麦人和德国人组成的探险队,打算前往中国西部探险。不过当时中国学界一致反对这样一支纯粹由西方人组成的探险队在中国自由活动。于是在六个月的谈判后,探险队更名为中国西北科学考察团,成员多了五名中国学者和四名中国学生,以及两名随团翻译。韩裳找到的这位老人,就是两名翻译之一。

毫无疑问,斯文·赫定是整个考察团里最耀眼的人,他的言行举止,各种生活细节,甚至是和考察并无多大关系的个人兴趣爱好,都给年轻的王展奋留下了深刻的印象。

比如说,他对甲骨的浓厚兴趣。

实际上,在前一次——1907年斯文·赫定第四次前往中国的时候,甲骨就已经被发现。但那时他并没有表现出对甲骨的热爱。

这似乎完全可以解释,狡猾的古董商人把甲骨的出土地点当成绝密保守了近十年之久,直到1908年,学者罗振玉才得知甲骨出自河南安阳。大规模的甲骨研究,是从那之后开始的,陆续也开始有甲骨以各种方式流落到西方,引起了考古界的轰动。

而考古和探险,当时是紧密相联的两个职业。

在王展奋的回忆中,斯文·赫定曾以各种名义,独自去安阳考察了好几次,并带回了一些甲骨,时常拿出来赏看研究。在这些甲骨里,有一块模样看起来很特殊,斯文·赫定告诉王展奋,那并不是龟甲,而是人的头盖骨。

在漫长寂静的深夜听这些录音,听一个陌生女人用平静的语调叙述自己的故事,两个听众完全不感觉困倦。根本无需咖啡的提神,总会有一个个让人惊愕并产生诸多联想的兴奋点冒出来,把睡意赶得远远的。

比如巫师头骨,徐徐才知道,这个如今成为上海博物馆库藏的珍宝当年原来曾在斯文·赫定的手中。而韩裳为什么愿意花重金研究,也在接下来的录音中揭示出来。

二十世纪初在中国活动的西方探险家,除了斯文·赫定之外,还有一位著名人物,他就是斯坦因。相对于斯文·赫定发现了楼兰的荣光,斯坦因在中国人的记忆里却更多是负面形象。因为就是他从王道士手里骗走了出自敦煌藏经洞的整整二十九箱佛经写本和刺绣,这是自圆明园之难后中国最惨痛的文物外流事件。

不过斯文·赫定和斯坦因却有着不错的私交,在一次两人的会面后,王展奋就发现,斯文·赫定平时把玩的甲骨中,那块有点吓人的巫师头骨不见了。

这是在1930年,斯坦因在中国进行他的第四次中亚探险。此前他盗走的敦煌宝贝已经在中国知识界引起极大反响,终于南京政府在抗议声中勒令人在新疆的斯坦因停止探险,而他所携带的一批文物,也被规定不得带出中国。

彼时西北科考团正在北平休整,当王展奋怀着愉快的心情在报纸上看到这则新闻的当天下午,斯文·赫定就收到了一份电报。晚上赫定多喝了几杯酒,拉着对甲骨文也有兴趣的王展奋看自己的甲骨藏品。

看赫定醉醺醺的样子,王展奋大着胆子把话题引到了巫师头骨上面。他早已经猜到赫定把东西交给了斯坦因,上午看到新闻,中国的珍宝得以截留在国内,让年轻人的爱匡热血沸腾起来。尽管赫定也有许多让他敬佩的地方,这时还是忍不住拿话刺了刺。

酒醉的赫定并没觉察出年轻中国翻译的这些情绪,长长叹息,神情沮丧,并且低声咕哝着些什么。

王展奋仔细去听,赫定翻来覆去,却只是在说:"东西带不出去,实验怎么办"。

这话在王展奋听来非常奇怪,他怎么都想不明白,赫定说的实验是什么。再追问,赫定却怎么都不肯觯释。

正因为想不通,所以这件事一直留在王展奋的记忆里,并当成有意思的掌故告诉了自己的儿子。

王展奋不知道身为探险家的斯文·赫定、数千年前的巫师头骨、不知究竟的实验这三者间究竟有怎样的关系,韩裳却是知道的。她几个月来的辛苦追查,总算没有白费。

弗洛伊德的神秘内心实验,是要借助仪式和道具进行的。梅丹佐铜牌可以帮助实验者开启神秘的心灵之门,具备这种效力的东西也许不仅仅这一样。

在遥远的中国商代,帝王和大量巫师们有一整套严谨的仪式,借助甲骨来沟通神秘力量,获得对未来的预知。这样的神秘文化如果说会对弗洛伊德的实验有所帮助,也是理所当然的。

巫师头骨及相伴出土的大量甲骨文,在这半个多世纪里被许许多多的甲骨学者研究过。甲骨文深奥难懂,一大半的文字至今未被破译,所以对这件甲骨有着多种说法。

最主流的看法是,头骨上没有被火烘烤的痕迹,表示它并非直接用于占卜。从埋藏的位置看,又是极重要的物品。根据其他甲骨记载,在商代早期,曾有一位大巫师在死去之后,头骨被制成具有神秘力量的器具,在由商王主持的重要占卜仪式上作为法器使用。而这件天灵盖中心有圆孔的头骨残片,就被怀疑是记载中的占卜法器。

这是今天甲骨学界对这件甲骨的看法,但早在七十多年前,斯文·赫定显然就已经认定巫师头骨具有神秘力量,可以对实验产生重要帮助。

从明白了这一点起,韩裳就开始系统地学习甲骨文,并且把调查的方向,转向了河南安阳殷墟。王展奋说赫定曾数次赴安阳,在那儿他可能留下了更多关于实验的线索。

自从十九世纪末古董商人在安阳收集到了刻有文字的"龙骨",几十年的时间里来安阳寻找甲骨的人不计其数,这也让安阳的农民个个都成了"甲骨通"。但一个西方人也许更多和官方组织打交道,所以韩裳的重心放在了当年国民政府中央研究院历史语言研究所上。

从1928年一直到1937年,历史语言研究所组队对殷墟进行了十五次发掘，出土甲骨数以万计。赫定如何接触考古队，如何搞到巫师头骨，而后来这件重宝又怎么留在中国，进了上海博物馆，其中也必然大有故事。

然而韩裳接下来的调查并不怎么顺利，参与过当年安阳考古的许多人，在国民党战败后去了台湾，而留在大陆的人，多半在十年"文革"中死去。她竟然一个活着的当事人都没采访到，从后人口中了解到的情况，都含糊不清。

唯一有用的线索，就是得知赫定当年和一名叫孙禹的年轻考古队员接触颇多。

这位孙禹早就死了，不仅如此，连他的儿子、孙子也已经死了。还活着的，是他的一位曾孙。一般情况下，一个人不会对他祖父的生活有多少了解，更别说是曾祖父了。

"这些天我有点兴奋。我预感到有些改变会发生。"韩裳在录音里说。

"不仅是因为《泰尔》即将首演，而且我已经打听到了孙禹曾孙的住所，我准备找个合适的机会和他见面。我注意到一个有趣的现象，从孙禹开始，一直到他的曾孙，历经四代单传。每一个人都是知名的甲骨学家，即便是第四代才刚三十岁的孙镜，也在如今的甲骨学界颇有名气。连续四代在同一方面拥有天分，这是很罕见的，而甲骨文又是这样冷门枯燥的学问。也许他会带给我一些惊喜。"

这是最后一段录音，听完之后，烟缸里已经挤满了烟头，窗外的天也有了亮色。

"她会从你这里得到什么惊喜？"徐徐问。

孙镜摊开手,摇摇头。

"真的会有这样一个实验吗?藏在人心中的神秘力量?这太像一个故事了。"

孙镜双手的拇指按住内侧眼角揉动着。

"其实我没听到想听的东西。"他闭着眼睛说。

"你想听什么?还有什么能比刚才这几小时里听到的更离奇?"

孙镜的中式提神按摩持续了两分钟,然后他睁开眼睛。

"她为什么会死。我以为在这些录音里会听到答案。难道你真的认为是诅咒?"

"也许……大概……"徐徐支吾了两下,只能承认,"昨晚那个家伙总该和她的死有关,但从录音看,她自己好像完全没有意识到这一点。她担心的只有诅咒。"

"不搞清楚这一点,我们就没法把危险彻底甩掉。"孙镜说。

困意涌了上来,两人不约而同地打了个呵欠。

"哎,我回去补觉了。危险什么的,总得头脑清醒才能对付。还是先把巫师头骨搞到手吧,说不定那就是关键。天黑之前我就能把预备工作完成,到时再给你打电话。"

"太鲁莽了,我觉得那东西是个烫手山芋,没搞清楚就……"孙镜才说到一半,徐徐又一个呵欠,摆摆手,自顾自出门去了。

孙镜叹了口气。他闭上眼睛,把头靠在椅背上,却一直把手上的戒指转个不停。

手机短信响,他瞧了一眼。

"见鬼的满足。"

孙镜笑,但很快,笑容就收敛不见。他走到老旧的木头壁橱前,吱吱嘎嘎地拉开左边的门,抽出里面的小抽屉。

那儿有两个长方形的铁皮盒子,他打开了一个,里面是些银圆、黄白金戒指、金锁片,都是祖上传下来的玩意儿。

孙镜用手拨了拨,又打开了另一个盒子。

他的眼睛直盯着盒子里看了一会儿,才伸手把其中的一件东西拿了出来。

这是块青黑色的长方形铜牌,约正常人手掌的三分之二大小。上面浮雕着一个有着许多对翅膀的天使。他长长的头发把脸遮住,下半身浸在火焰之海里。而在他的身上、翅膀上,甚至火焰中,若隐若现地有许多只眼睛。这些眼睛有的闭着,有的张开一线,有的圆睁着,不管从任何一个角度看,都有许多只眼睛在注视着你。

孙镜只盯着看了几秒钟,心里就涌起极不舒服的感觉。他把铜牌翻过来,在左下角,有一个缩写。

"C. C."。

Camille Claudel,卡蜜尔。这显然是她的姓名缩写。

这就是梅丹佐铜牌,弗洛伊德实验的参与者进行神秘仪式的必备道具!

每个人看见漩涡逼近,都会努力逃开。实际上,许多时候早在你看见危机之前,就已经身处其中了。

四、试应手

孙镜手掌苍白,青黑色铜牌压在掌心,发散着让人压抑的沉沉死气。铜牌上浮雕火焰冰冷燃烧,上面的无数只眼睛,冷漠地洞察一切,让人想到"天地不仁",没有半点上帝慈爱的味道。

这铜牌如此怪异,连孙镜身边有着大鹰钩鼻的老年白人的目光,也被吸引了过来。

"Metatron。"孙镜冲他笑笑,告诉他铜牌上天使的名字。这显然是个犹太人,他肯定知道梅丹佐是谁。

犹太老人却立刻皱起了眉,表情变得相当不愉快。

孙镜这才想起,犹太教义反对偶像崇拜,任何对上帝形象的塑造都被严格禁止,天使也是这样。

他耸了耸肩,却没有把铜牌收起。如今的摩西会堂早已经不是犹太教教堂了,只是个纪念性的袖珍博物馆。那些当年曾在附近住过的犹太人多年后再次造访中国,这是必然要来的一站。身边的老人很可能就是其中之一。

身为犹太教拉比的威尔顿曾在长时间里,每天对着这样一块雕了天使像的铜牌进行神秘仪式,显然严重违反了犹太教义。从这个意义上说,弗洛伊德的神秘内心实验就像是引诱人堕落的恶魔,或者,是伊甸园里的那条蛇。

孙镜正站在摩西会堂的礼拜堂里,圣柜室前。

圣柜室是礼拜堂内的一个无门隔间,浅浅的进深不到一米。在摩西会堂还是教堂的时候,圣柜中供放着《摩西五经》羊皮卷,现在那儿当然空无一物了。

孙镜低头打量脚下的地砖,然后弯下腰去,拿着铜牌,这里敲敲那里敲敲。

"笃、笃、笃、笃、咚!"

"你在干什么?"犹太老人用英语问他。

"这下面是空的。"孙镜回答,把一块地砖指给他看,"这块地砖四周有细缝,你看到了吗?"

老人惊讶地弯下腰,很快就蹲在了地砖前。

"祝你好运。"孙镜说着,把梅丹佐铜牌揣进裤袋,走出了礼拜堂。在他身后,原本在堂内参观的几个外国人都围到了犹太老人身边。

没人会有好运,包括早已把威尔顿藏宝挖出来的韩裳。

这是韩裳录音里最容易验证的两个内容之一,摩西会堂圣柜室前的藏宝地洞。另一个,是茨威格写在自传里的诅咒记录。

《昨日的世界——一个欧洲人的回忆》,茨威格著,广西师范大学出版社出版。孙镜在书店的名人传记区找到了它,在这本书的前三分之一处,他看见了相关的段落。三名演员的名字是 Adalbert Matkowsky、Josef Kainz、Aleksander Moisiu,分别死于 1909 年、1910 年和 1935 年;导演的名字是 Alfred Freiherr von Berger,死于 1912 年。

意料之中。孙镜把书合上,带到付款柜台买了下来。尽管昨晚听到的是一个非常离奇的故事,但相比而言,他更相信一个人在这种情况下的自述录音没有欺骗的必要。人性比这个世界更值得相信,前提是你能看清楚它。作为一个骗术高手,没什么技能比这项更重要。

所以韩裳的经历是真实的,诅咒的确存在,也只好试着相信让这些该死事情发生的实验真的进行过,也许它还在进行着,谁知道呢。

孙镜倒是想知道,他裤兜里的这块梅丹佐铜牌算怎么回事。要是韩裳还活着,她一定会为这个重大发现录下一段新录音。

比如:"我从孙禹的曾孙那里又看到了一块梅丹佐铜牌,这真叫人难以相信。孙镜对这份祖先遗物的价值一无所知,对他来说,拥有铜牌的人和那个年代已经是非常久远的事情了。接连早亡的父亲、祖父和曾祖父,让一切都隐没无踪,只剩下这块不会说话的金属。孙禹会是实验者之一吗?一个当时非常年轻的中国人?"

这是对韩裳而言非常重要的新线索,可是她已经死了,孙镜想着。

韩裳不会知道,在她死之后有人潜入家里,并且试图跟踪领取她遗物的人。这才是真正重要的线索,意味着她之前所有的线索追寻中,留有一块巨大的空白。

巨大而可怕的空白。

小街比昨天走过的时候更加凋敝了。看起来剩下的住户,也会在近几天里全部搬空。

地上的白色人形稍浅了些,空气里的血腥气早已经没了。这幢四层老楼的大门敞开着,几个人进进出出,把家里打包好的东西搬到路边堆起来。等搬家公司的车一到,好通通运走。

一个中年秃顶的男人抹了把头上的汗,手搭在堆起的大纸箱上歇口气。瞧见低头看着地上白线的孙镜,开口说:"昨天这里刚死了一个人。"

孙镜抬头看看他。

"那么大的花盆。"他说着用手比了个比篮球大两号的圈,"从四楼砸下来。当场就躺倒在那儿啦。"他一指地上的白线。

"真惨。"孙镜应和。

"可不是呢。"男人好似立刻就歇过力来,脸上生气勃勃。他像重播昨天现场画面般,从韩裳的穿着模样到花盆砸开脑袋的声响,一路解说下来。

"事情就透着奇怪,怎么就这么巧,这条路上走的人又不多,偏偏她走到这里却停住了。要是她不停下来,花盆就砸不上。"

"停下来?为什么?"

"可没人到地下去问她。还有那花盆落下来的位置也不对,公安都派了现场那个什么……现场勘查组,里里外外脚印指纹都查过,当时四楼老李家一个人都没有。气象专家就解释了,这是碰上低空瞬时强气流,把花盆在半空里吹歪了。哈,就是一阵妖风,嗡一声就过去了。"他鼓起肺泡,模拟着风的声音。

"死的这女的,可还是个明星呢,演话剧的,真叫一个漂亮。你看过话剧吗?名角儿,演起来场场爆满,可惜了啊。躺在地上,白花花的脑浆到处都是。"

孙镜觉得有些不对味起来,插嘴问:"你昨天真的当场亲眼看见了?"

男人愣了愣,然后讲:"看见的人多啦。"说完他拍了拍纸箱,回身继续搬东西去了。

民间的传奇就是这么来的,孙镜想。大概要不了多久,这就会演变成一个极有真实感的鬼故事吧。

不过韩裳当时真的停下来了吗?这男人的故事版本里,并没有说她是为什么停下来的。通常这种口口相传的故事,只会无中生有,情节越来越丰富离奇,却绝不会把原本就有的细节变没。要是韩裳真的停步不前,这肯定是个在外人看来没有原因的突兀行为。

如果这不是个鬼故事,而是场谋杀……

如果我是杀人者,孙镜想。如果我有办法让花盆突然掉下来——要做到这点已经很困难了,所以我最好得再想个法子,让要砸的那个人待着不动,否则命中目标的难度就太大了。

要是能知道韩裳突然停下的原因,就能想出法子,找到谋杀者。如果真有这么一个人的话。

可或许……那就是个鬼故事呢?茨威格的诅咒,弗洛伊德的实验,这些在一般人看起来,就是鬼故事。

想到鬼故事的时候,孙镜就想起了那个说鬼杀人的老妇人。

老妇人的小烟杂店并没有在营业,铁卷帘拉下来,却没有拉到底,留了条缝,传出里面的声响。

孙镜敲了敲门,铁卷帘"哗哗"地抖动起来。

"谁啊?"里面问。

"买烟。"

"搬店面了,都打包了。"说话的人,听声音像是老妇人的女儿。

"要条中华,没有吗?"

几根手指头从缝里伸出来,搭住卷帘的下沿,"哗"地把门抬了起来。

"软壳硬壳?"的确是女儿,店里已经大变样,商品全都收拾了起来。她妈却不见了踪影。

"硬壳。"既然开了门,孙镜当然还便宜的。他并不喜欢中华烟,淡得没味道。

女人摸出把刀,划开一个纸箱的封箱胶带,手脚麻利。

"昨天那个拉着我的,是你妈吧?"

女人抬起头打量孙镜,把他认了出来:"昨天不好意思,老太婆脑子又不清爽了,今天上午刚刚把她送去蹲医院。"说着她半是叹息半是埋怨地哼哼着,轻轻摇头。

孙镜把钱包拿出来,慢慢地点着该付的钱。在把钱付出去之前,他的问题总能得到更好点的答复。

"不过昨天也是吓人,是被吓到了吧?"

"什么啊,你自己站在这里看看,从这个地方是看不到死人的。她就是脑子的毛病发作了,又不是第一次。"女人从箱子里拿出条中华,直起腰递给孙镜。

"都在讲,这个事情很妖的,说不定真是鬼作祟呢。你这里一条多少钱?"

"三百八。"

"跟我讲讲你妈看到什么东西了,我对鬼故事蛮有兴趣的。"孙镜把四张一百元递过去。

女人弹弹簇新的钱,揣进口袋里,抬眼看看孙镜的表情。

孙镜冲他笑笑。

女人掸灰一样轻轻拍了拍手："真的要听？"

孙镜点点头。

"男人这么好奇，准备听了去吓小姑娘啊。也没什么故事，昨天她就坐在店门口。"她把钱揣好，指了指身边，这是个店口靠右侧的位置。

"我就在她旁边，她突然鬼啊鬼的叫起来，吓人一大跳。我看她眼乌珠定洋洋，面孔煞煞白，赶快朝她眼睛盯牢的方向看，啥地方有鬼，没有的。就这样子。"她说完，看看孙镜，摊开手，又强调了一次，"就是这个样子。"

"她往哪边看的？"

"那里。"

女人的手指向出事的方向，但坐在店里往那儿看，再怎样都至少离韩裳躺倒的地方差二十米。

"她有没有说鬼什么样子？"

"讲什么啊，话都讲不清了，晚上回去一个人缩在角落里抖。"

"她叫起来的时候，就是那边死人的时候？"

"好像差不多，这倒有点怪的。不过我是什么都没看到，那个方向就只有个过路的女人，她大概倒是看到死人了，表情都吓得不对了。"

"女人？"

"哎呀，活人还是鬼总分得清楚的。"她这样讲，好像自己见过鬼似的。

"戴了顶帽子，还戴了太阳眼镜，黑丝袜高到这个地方。"她撇着嘴比画着，"鬼怎么会是这样子，我还特意看过，有影子的。"

孙镜手里一紧,把烟壳捏得深陷下去。他僵了一小会儿,问:"什么样的帽子?"

"是……那种,嗯,前面有个沿……"女人一时形容不清楚,因为她自己从来不戴这种帽子。

"棒球帽?"

"对的对的,就是棒球帽。"

孙镜深吸了口气,冲女人点点头:"谢谢你的故事。"然后他转身离开。

"我一点都不喜欢你这里,就像我不喜欢这家伙一样。"徐徐说。

"大概是因为这里有太浓的尸体味道。"孙镜说着,拿起徐徐放在茶几上的一沓打印好的A4纸。

"尸体?"徐徐看上去被吓了一跳。

"那儿有几百只乌龟的尸体,你看见过的。"孙镜跷起左手拇指,指指隔壁房间。第一页上的男人照片是黑白打印的,算不上清晰,这没什么关系,他认识这个男人。

"见鬼。"徐徐诅咒着,昨天夜里自己居然没注意到这股恶心味道,"它们就没在哪个晚上爬进你梦里咬你吗,让你身上挂满几百个那什么玩意儿,哈哈哈。"

"你直接说出来好了,看不出你还真害羞。"孙镜的话让徐徐的尖刻笑声卡了壳。

这沓文件的大部分内容都是封面男人的详细资料。他的名字叫文贞和,现年五十八岁,上海博物馆甲骨部主任。

上海博物馆馆藏的甲骨文物并不多,所以甲骨部和其他的书画部青铜器部的规模不能比。文贞和这个主任下面,只有一名三十岁出头的研究员,还有几个时常更换的实习研究生。这同时意味着,他对博物馆的甲骨事务有着完全的控制力。计划里,他是最关键的人物。

在这里有文贞和公开或不公开的信息,网络之外,老千们总有一些其他的渠道打探情报。徐徐干这些的速度很快,孙镜一页页翻过去,目前看来质量也不错。

离异,独居,性格有些孤僻,和邻里不太往来。给人的印象是埋头做学术的学者,孙镜知道,文贞和在甲骨学方面的确很强。

他长了一副大骨架,消瘦,脑袋格外小,搭配得很不让人舒服。在他没精神的时候,会让人觉得猥琐,有精神的时候,就变成了个顽固倔强的老头。总之,并不是个好打交道的家伙。

但从来就不存在什么攻不破的堡垒。文贞和很吝啬,他右手食指和中指间的皮肤是焦黑的,因为他总是把烟抽到烧着手为止。两年前他买了个烟管,现在他终于能把烟丝抽得一根都不剩。

在此之外,女性研究生更容易被他接纳。他的许多同事都认为,要不是学这一行的女人实在不多,文贞和的实习生里绝不会出现男性。他热爱和异性实习生一对一的谈心,在中国你很难说这算不算性骚扰,总之女人在他的部门里待不了多长时间。

好财又好色,这样一看,又仿佛不难对付。

"但这未必有效。"徐徐说,"韩裳和文贞和接触过,她出了两百万,而且她长得一点都不丑。"

"未必。"孙镜用相同的两个字表达了不同的意思,"你从录音里该能听出费城在韩裳心里的地位,我不觉得她会愿意把自己最大的优势转化成武器,而且对象是这样一个老男人。至于两百万,那是给博物馆的,文贞和自己可捞不着。"

"还有。"孙镜合上资料,"我可以补充一点你这里没有的。他的倔强延伸到了学术领域,即便他是错的,你也很难说服他。所以,我不认为一个这样性格的人,会对他现在的位置十分满意。我们计划的成功率应该很不错。"

"同意。"徐徐笑了,"所以我已经约好过会儿和仇熙来见面了。"

那个人也是计划里的一部分。任何计划都像一台由齿轮组成的机器,齿轮有大有小,但都必不可少。

徐徐把交叠起的腿放了下来,在行为学里这是一个打算离开的信号。可是她很快又换了另一条腿跷起来。

孙镜忽然意识到自己的眼神在徐徐双腿上逗留了太长的时间,他悄然嘘了口气,视线一路上移,直到再次和徐徐对视。

"你在想什么?"徐徐问。

"嗯?"

徐徐指了指孙镜的右手,用陈述的口气再一次说:"你在想什么。"

孙镜低头看,才发现自己正在无意识地转着那枚戒指。他心里微微吃了一惊,脸上却只是毫不在意地笑笑,继续不紧不慢地玩着这枚小东西。

"观察得太仔细有时会误入歧途。"他说,"不过这总还算是个好习惯,至少对你来说。"

徐徐皱起鼻子磨了磨牙:"我是你的搭档,不是徒弟!别总摆出一副高人一等的臭模样,你到底懂不懂怎么与人合作?"

"呵,你的反应有点过度了。搭档……唔。"孙镜把手放在下巴上,磨蹭了一下刚长出来的胡子茬,"搭档总要相互体谅,所以,别让那个记者明天一大早就来吵我。这两天都没个休息的时候,我得好好睡一觉。"

"事情都是我在做,你有什么好忙的?"徐徐怒了。

"比如去摩西会堂找到了那个藏宝的地洞,比如到书店去买了本叫什么……《回忆昨天》?"

"是《昨日的世界》。"徐徐纠正他。

孙镜扫了她一眼:"原来你看过这本书。"

"今天。今天在书店里看的。"

"这么说,你今天做的事情可真多。回去睡了一觉,把这一沓东西弄出来,把车子的事搞定,约了仇熙来,还抽空去书店看了茨威格的自传?"

"不要把你的效率和我的等同起来。"徐徐扬起下巴说。

"所以你和我一样,都去确认了韩裳所说的真实性。不过你刚才完全没有提,我觉得你该对这些神神秘秘的事情有点兴趣才对。"

"有点兴趣,但我对巫师头骨更有兴趣。我们的任务是尽快把它搞到手,不是吗?"

"你一点都不担心其中的危险性?特别是在经历了昨天的事情之后?"孙镜眯起眼睛,颇有兴致地看着徐徐,"好像女人的心思要么就过于粗放,要么就过于缜密。"

"要知道韩裳就死在你我眼前。想想她脑袋开花的模样,你不想变成这样吧?"孙镜补充了一句。

按照围棋里的说法,这又是一招试应手,并且比之前的更具隐蔽和挑战性。死在眼前是句双关语,你可以理解为亲眼看见了,也可以不这么理解,仅仅当成一个比喻。

她会刻意澄清自己并没有亲眼看见吗,孙镜想。

"别提她,别提这件事,太可怕了。"徐徐说,她的脸色有些发白,"我已经决定不去想她了,我好不容易才做到这点的。"

她做了个深呼吸,让自己看上去好一点,然后说:"你昨天不是说已经摆脱危险了吗,哪怕是暂时的。我可不想因为主动去查什么诅咒或谋杀,把麻烦惹上身。现在我只想好好地把活干完,大多数麻烦都是自找的,你不会不明白这点吧。"

孙镜不知道能不能把这句话看成警告。今天,从和徐徐见面的第一刻起,他就用审视的目光观察着这个女人。可是徐徐的表现完美无缺,就和他印象中的形象一样,聪明却简单,好像一眼就能看透她心里的想法。但如果这是一种表演,那么毫无疑问,她是个危险的女人。

远离危险,至少在还没有做好准备的时候。

孙镜看着徐徐再次把腿放下来,这次她的确打算走了。

孙镜帮她开门。当徐徐在面前擦身而过的时候,他忽然说:"还记得上次你想说服我的时候,都说了些什么吗?"

徐徐停下来看他。

"你说我喜欢危险。"

徐徐皱起眉毛,却忽然觉得孙镜和自己的距离过于接近了。她的第一反应居然是意外,在她的心里,孙镜是个说话阴阳怪气,惯于耍阴谋放暗箭的阴柔男人。这种男人也会主动进攻吗?

"喂,好搭档是不……"她只说了半句话,然后孙镜的胡子茬就把她的下巴扎疼了。

她被压在门框的一侧,手掌撑在已经打开的门上,把门向后推开,又从顶点慢慢摆回来。

孙镜一只手搭在徐徐的背上,移到腰,又往下去。再移回来的时候,已经滑进了衣服里,环着她弹性惊人的腰肢,用力压向自己。

舌头在唇齿间纠缠了很久才分开,徐徐把头向后仰着,左手轻轻按着孙镜的小腹,让两个人稍稍分开。

"我还有……"她仍然只说出了半句,孙镜右腿的膝盖向前屈起来,从她双腿间挤进去,让她后面的话变成了一声鼻音。

她闭着眼睛,感觉孙镜的嘴唇触碰着自己的耳垂,那是和下身完全不同的另一种刺激。她的下巴搁在孙镜的肩头上,脸颊滚烫,手指抓陷入男人的背脊里。

"约会,要迟到的。"她含糊不清地说。

过了一会儿,她睁开眼睛,胸口起伏,瞪着已经松开她的男人。

"我想,还是得把工作放在第一位,搭档。"孙镜说。

徐徐眼睛里的情欲还没有完全退去,闪着迷蒙的水光。她忽地主动凑近去吻他。

孙镜感觉着自己的下嘴唇被徐徐含在口里,卡在两排牙齿中间。

希望她不要咬得太狠,孙镜想。

徐徐只是轻轻地咬了一下,就松了口。她向后退到门外,拢了拢头发。

"那你就失去机会了,搭档。"说完,她转身走下楼梯。

孙镜听着徐徐远去。

我疯了吗,他问自己。

手指在嘴唇上慢慢滑过,放在眼前看,一抹微红。

下午四点,上海博物馆甲骨部的办公室里,文贞和正坐在办公桌前,一边抽烟,一边看刚送来的晚报。他的手肘撑在台面上,两边的肩胛骨高高耸起来,头向前低冲着,从后面看过去只剩了半个脑袋,时时有烟雾从上面升腾起来。

办公室里是不能抽烟的,但坐在文贞和后面的年轻研究员当然没资格对这样一个上司说三道四。他盯了文老头怪异的背影一会儿,拿起杯子喝了一大口茶,把和着茶水涌进嘴里的几片茶叶在槽牙间碾碎,一起咽了下去。

文贞和在看文化版的一条新闻,两条稀疏的眉毛慢慢拧了起来。

标题是《神秘女富豪欲建私立博物馆》。

被采访的甲骨专家仇熙来有些意外于记者的消息迅速。他说自己昨天才和这位对甲骨兴趣浓厚的年轻女郎见面,谈论了有关甲骨收藏和收购的话题。如果未来这位金主真的有意建立这样一个博物馆,他很乐意在筹建过程里提供帮助。

这位记者也电话采访了把神秘女富豪介绍给仇熙来认识的另一位甲骨学者孙镜,孙镜承认自己正在协助资方接触一些学界和收藏界的人士,希望最终能促成这宗对推广甲骨文化大有益处的美事。然而记者最终却没能采访到那位年轻的"徐小姐",用孙镜的话来说,在一切还只刚刚开始的时候,她不愿意站到台前来。

所以,实际上记者得到的信息并不足够充分,他不得以只能在报道里罗列了一串国内著名私立博物馆的资料,来使自己的报道完整些。

甲骨的圈子并不大,文贞和认识仇熙来,也知道孙镜的名字。他屈起手指"笃笃"地敲着台面,心里有点恼火。这事情自己居然不知道,如果换了其他古董领域,在上海滩发生的此类事情,是绝对绕不过上博另几位部主任的,他们是圈内货真价实的大佬。自己和他们的地位该是一样的,不是吗?但就不是。他又重重敲了下桌子,把手都敲痛了。

文贞和并没有注意到,这篇报道有两个署名,一个是记者,一个是实习记者。媒体界的人会明白,这意味着报道是那位实习菜鸟采访并撰写的,名字署在他前面的正牌记者,多半只是粗粗扫了遍稿子,挑出几个错别字而已。菜鸟们的特点在于,他们很容易轻信,并且不懂该如何追根问底。对他们来说最重要的是把稿子在报上发表出来,所以会信誓旦旦地对编辑保证,自己写出来的内容绝对真实可信。

遗憾的是上海博物馆甲骨部主任并不知道这些。他努力地猛吸了几口烟,烧完最后的烟丝,收起烟嘴,走出办公室。

他的部属站起来,走到那份报纸前,想看看是什么新闻惹恼了文贞和。他知道自己有时间在文贞和回来前把报纸全都看完,按照惯例,每次上博的甲骨藏品轮换展出的前几天,下班前文贞和都会在展厅里转上个把小时。今天是第一天。

上海博物馆在人民广场的南侧,馆前有宽广的空地,时时刻刻都有人在此拍照留念。

一个十三四岁的少年抬头拽着线,把一只鹞子风筝高高放起来,一步步往前走。

"喂,这里不能放风筝,你得去广场中心放。"瘦高个儿的博物馆保安跑过来对他说。

少年好像没听见,依然仰着脖子,直到一声汽车喇叭在面前响起来。

"喂,这里不能停车,停车场在那边。"保安舍了风筝少年,转身冲着按喇叭的车说。

实际是可以停的。事实上现在正有车停在博物馆正门口的空地上。但那都是些特殊情况,比如你是来博物馆办事而并非游客,并能报出某些够分量的博物馆人士的名字。

车喇叭又嚣张地响了一声。

停在隔离栅栏前的是辆正在收起敞篷车顶的蓝色宝马335,让保安一时没有板起脸的另一个原因是,这辆车的两扇前门上,不知是镶的还是贴的,有泛乳白色象牙光泽的浮雕龙凤。几乎没人会在车上搞这种奢侈装饰,稍稍擦碰一下就全完了。

坐在驾驶位的戴着大墨镜的女郎嘴角牵起漂亮的弧线。

"我要停进去。"她说着,把手伸出车窗,甩出清脆的声响。那是她手指间夹着的簇新钞票发出的。

"啊?这里不能停的。"

徐徐把手收了回去,再次伸出来的时候,夹着的钱变成了两张。

保安忽然意识到,原来刚才这位墨镜女郎拿出一百元并不是因为没有付停车费的零钱。至于现在……他立刻把钱收进外套口袋,跑到车前拔起了两根活动路栅,让车可以开进去。然后,他笑着一路小跑跟在车旁,指点着停车位。

"看甲骨在哪个厅?"孙镜下车后问保安。

"青铜器展厅。"保安回答,然后很热心地指点进去后该怎么拐弯怎么走。

孙镜向他点点头,和徐徐一起向馆口走了几步,却又独自返身回来,叮嘱保安说:"车身上的象牙贴片你帮忙看着点,别让人碰坏了。"

"象……象牙?哦好的好的,一定一定,您放心好了。"

文贞和站在廊柱旁。

这是青铜器展厅的一个角落。不过现在厅里的部分展柜,放置的是残破或完整的龟壳、牛肩胛骨、牛肋骨、牛大腿骨和羊头骨。一些有字,一些没有。根据它们在这几千年里的埋藏环境,有的暗黄,有的灰白。不管如今是什么颜色,都和漂亮扯不上关系。所以,尽管每隔一两个月它们才会出现在展厅里两周左右,大多数的参观者还是被旁边造型古朴优美的青铜器吸引了过去。

这种情况当然不可能让文贞和满意。上博定期会把库中的藏品和展出品进行轮换,不过甲骨的藏品数量可不够轮着换的,哪怕全拿出来,也就是一个厅的量。所以它们的境遇是点缀式的在某次小规模轮换时偶然出现。

可就是这样的偶然出现,也没能让参观者累积起足够的兴趣,这给文贞和传递着一个信息:甲骨部地位的提高还遥遥无期。

"你看这个四耳鉴,在商周时他们被用来盛满水做镜子用。其实青铜器现在你看见的颜色是长期氧化形成的，当年它们被使用的时候，是金黄色，你能想象吗？"

展厅里总是很安静，所以像这样并不大声的说话，也足以被文贞和听清楚。他眉间的"川"字更深了一分，这又是个喜欢青铜器的。

"你不是甲骨文专家吗，对青铜器也相当了解嘛。"

文贞和有点意外地转头向说话的两人看去。

这两个人都相当的引人注目。年轻女人身材高挑，在展厅里也还戴着一副大镜片的墨镜，有点明星腔调。旁边的男人则套着一顶嘻哈族常戴的蓝色线帽，风格和他的长相完全对不起来，而且这是在博物馆的展厅里，更显得不伦不类。不过他额头上帽子下沿处露出了一角创可贴，这该是他戴这顶帽子的原因。

"青铜器和甲骨文的时期有大部分是重叠在一起的。"孙镜回答道，"甲骨在那儿，上博的甲骨收藏很少，开一个纯甲骨的展馆至少需要三倍以上的藏品量。"

两个人说话间和文贞和擦身而过，谁都没去看这个老头。不过孙镜插在裤袋里的手，轻轻按下了手机的拨通键。

他们在甲骨展柜前时而停留时而漫步，说话时压着声音，但还是能让文贞和听见大部分的内容。这就像钓鱼，鱼饵在水里起起伏伏忽远忽近，仿佛活的一样，鱼儿自然会游过来咬钩的。

"这边展出的甲骨，不管是绝对数量还是珍品数量，和安阳殷墟甲骨博物馆都不能比。但是你看这些射灯、托架、展位的配合就很好，对普通参观者来说，这其实更重要。"

徐徐点头。

"上博有很多资源,甲骨收的不多,不是做不到,而是他们从来就没有把重心放在这方面。但就算这样,还是有一些非常珍贵的藏品。"

"就像巫师头骨?但我没在这里见到它。"

"我也一直想亲眼见一见,不过这样的镇馆之宝是很少展出的。"

"也许有机会的。"徐徐对孙镜一笑,"如果能够和上博合作的话。"

"真要能合作就太好了,除了上博甲骨藏品的分量之外,一家现代大博物馆的管理经验也很重要。"

这几句对话文贞和都听得很清楚,联想起刚看过的报道,眼前两人的"身份"他当然已经猜到。

和上博合作?他背着手,眯起眼睛看着面前的这两个人。

一连串急速的脚步声由远而近,一个人"呼"地从文贞和身边跑过,停在徐徐和孙镜身前,低声说了些什么。

外面广场上的保安?像是有了什么麻烦。文贞和没听得太清楚,看着两人跟着保安快步走出去,稍稍踌躇,就跟了过去。

"不好意思,真是不好意思。"保安跟在徐徐和孙镜身边,连声道歉,"我一直都看着的,没想到他就这么撞上去了,真是挡也挡不住。他就在外面,我同事看着他。"

徐徐和孙镜把脸板得死死的,飞快地走出博物馆大门,就看到那辆蓝色宝马车前,一个胖子正和另一名保安解释着些什么。旁边的地上倒着一辆轮子只有保龄球大小的折叠自行车,看样子刚和宝马车发生了一场事故。

胖子骑小车的效果想想都滑稽,不过现在哪个当事人都笑不出来。刚才他正撞在左前车门上,那上面精细的浮雕原本以一条昂首神龙为中心,现在这条龙的脑袋已经断掉了,被胖子小心翼翼地捧在手里,肥厚的手掌一抖一抖。

"就只是轻轻碰了一下,轻轻一下子呀。"胖子哭丧着脸,看见瘦子保安陪着徐徐和孙镜快步走过来,竟然立刻转过身去,拿着龙头去对车门上的断痕,像是想试着装回去。

孙镜铁青着脸,看着胖子的屁股在面前拱来拱去,心里却是有些好笑。这家伙的表演有往夸张化发展的趋势,回头得跟他说说,凡事都不能过度,这可不是在他的魔术舞台上。

"被你撞成这个样子还想修好,喏,现在车主来了,你说怎么办?"

胖子犹犹豫豫地转回身子,手里还捏着龙头。看见直直瞧着自己的徐徐和孙镜,慌地立刻用另一只手把罪证捂住。

"还藏,藏什么藏?"保安很努力地叫嚷着。

胖子松开手,低头看了看,抬头哀怨地说:"我赔,我赔好了。"

说着他伸手进裤袋里摸,一阵稀里哗啦的声音传出来,显然那儿有不少硬币。

"你赔得起吗你,这可是象牙的。"保安试图以这种方式将功补过。

"象牙?"胖子吓了一跳,把龙头拿到眼睛前面端详着,"不会吧,象牙装在车子上面?"

"当然是象牙的。"孙镜开口说。

胖子又回过头瞧了一眼车门上的牙雕,讷讷地说:"这,装这上面不迟早得……"

"现在是你撞坏的。"孙镜抢白他,然后看了看徐徐,像是在问车主打算如何处理。

文贞和也已走出了博物馆,就站在他们不远处,听见"象牙"不禁吃了一惊。他心里却有些不相信,把牙雕做在车子上,这是钱多得没地方用了吗?

"那……那要多少钱,我身上只有……"他小眼睛眨了眨,舌头在嘴里溜了一圈,迸出了个"三"字。

"只有三百元。"他说。

见多识广的瘦子保安立刻看穿了他的花招,哼哼一声,说:"三百元?皮夹子拿出来看看。"

胖子立刻涨红了脸,支支吾吾两声,忽然嚷起来:"你们说是象牙就是象牙啊,谁知道啊。"

"哟,撞了你还有理了?"说话的当然还是保安。

徐徐一直都没有说话,这时轻轻摇了摇头,走到车门前,微微俯身去瞧车门的情况。然后她就做了一件让所有人目瞪口呆的事情。

她用指甲在车门的一处挑了挑,然后掐住用力掀了起来。

原来这雕塑是做在一张类似软玻璃的透明材料上,再贴上车门的。现在整张都被徐徐掀了下来。她的方式相当粗鲁,随着"嘶啦"的声响,还有一连串轻微的"咯咯"声。这是因为撕的时候材料弯折的弧度过大,上面龙身凤躯的雕工细微处,不知折断了多少。

徐徐拉开车门,把手里已经算是全毁的工艺品扔在后座上,然后转到另一边,去撕右前车门上的。

"反正他也赔不起,这东西总是要坏的。"徐徐说,"而且我现在不太喜欢它,有点太张扬了。"

瘦子保安张大了嘴。有钱人真是张牙舞爪,他心里恨恨地想。

胖子看着徐徐和孙镜钻进车子,嘘了口气,脸色也轻松起来,又把龙头拿在手里左看右看。

"这真是象牙的?"他问瘦子保安。

"拿给我看看。"一个尖细的声音从他身边响起来。

胖子的粗眉毛极轻微地抖动了一下,他知道整场戏为的都是这声音的主人。

"您看看,您给看看。"他说着,把龙头递给了文贞和。

文贞和把东西一拿到手上,就知道假不了,再瞧了眼断口,更是确认无误。他在心里算计着车身上两件牙雕的价值,不由得叹了口气。

其实如果车身上那两块玩意儿没有被掀掉,拿着这龙头去对上面的断口,却是怎么都对不上的。至于怎样把这象牙龙头的断口处理得像是刚刚断掉的一般,作为第一流甲骨造假师的孙镜,当然有的是办法。

"是真的,你运气不错。"文贞和把龙头还给胖子,感慨着徐徐的一掷千金。

任何人亲眼见到这样一幕,大概都不会怀疑这位甲骨博物馆投资人的财力了吧。

宝马车在博物馆前缓缓掉了个头,开了回来。瘦子保安正要再去帮他们挪开活动栅栏,车窗却降了下来。

孙镜伸出头去看站在胖子身边的文贞和,一副似乎认得又不确定的模样。直到文贞和也向他看来,四目对视之际,孙镜向他露出一个笑容,推开车门走了下去。

"您是……文老师吧?"

"嗯。你是?"文贞和当然猜到他就是孙镜,但既然他没在第一时间认出自己,总要端一端架子。

"我是孙镜。"孙镜停了停,看到文贞和脸上露出听说过他的表情,再继续说,"真是太巧了,本来想明天给您打电话的。您现在有时间吗?"

这时徐徐也已经下了车。她摘下墨镜,对文贞和露出了一个完美的笑容。

从来就没有完美的笑容,也从来没有什么完美的计划。有时候缺陷反而会增添魅力,当然更多的时候它们会把事情搞砸。

五、每个人的弱点

"我去倒两杯茶来。"文贞和很热心地招呼他们。

"我真的不喜欢这个家伙。"徐徐悄声对孙镜说。

"不要以貌取人,我相信你会表现得很专业。"

"那当然,我是最专业的,我们。"徐徐说着,对正端着两个水杯走回来的文贞和笑笑。

这里是文贞和的办公室,几张沙发和一张小茶几围出了个会客区。

小陈啊,你还有什么事吗?两分钟之前,文贞和这样问他的下属。所以现在办公室里就剩了他们三个人。

"很早就听过你的名字了。"文贞和以老前辈的姿态对孙镜呵呵笑着。实际上他嗓音尖厉,怎么都笑不出慈和的感觉来。

孙镜早把帽子拿了下来,露着额头上的大块护创贴。文贞和已经往那儿瞄了好几眼,这让他多少显得有些狼狈。如果这是一场学术交锋,无疑先天就落了下风。不过在现在的场合,他很乐意把文贞和放在一个强势的位置,一个过于感觉良好的人总是更容易被把握。

孙镜恰如其分地露出一点点受宠若惊的表情,侧着身子像是在对徐徐介绍:"文老师是甲骨大学问家,对我们这些后辈很提携的。"

文贞和又笑了两声,这顶高帽让他相当受用。

"其实早就想来拜见您,只是一直没有机会。"孙镜用诚恳的语气说。

"现在你们的风头健嘛,我这种窝在死气沉沉办公室里的老家伙,有什么好见的。"这样的口气,徐徐觉得他如果留着山羊胡,肯定会一边捋一边说的。

一路走过来的时候孙镜已经介绍过徐徐,当然提到背景时虚晃一枪,只说是个对甲骨很感兴趣的朋友。

"其实多少我已经猜到一点,你们大概还没看过今天的晚报吧?"文贞和说着,找出登着那则新闻的报纸递给徐徐。

"那些记者肯定很想和徐小姐你接触。"他看着徐徐说。

保持惊讶的表情,两人花了会儿时间,看了一手炮制出的新闻。这真是个顺利的开场,文贞和已经接受了他们扮演的角色身份,许多试探的话就不用再说了。

"我很喜欢甲骨文化,也特别尊敬对甲骨有研究的人。"徐徐看着文贞和的眼睛说,其实她看的地方是那两条稀到痕迹模糊的眉毛。

好吧我还不够专业,她在心里对自己说。可是这老头真让人厌恶,直想让人逃得远远的。会有这种感觉找不出太多理由,大概是他天然的气质吧。

"我早就和她说过,甲骨我就是刚入门,上海滩真正学问深的,数出三个人里面绝对有上博的文贞和老师。"孙镜配合着徐徐,告诉文老头美女对他的尊敬指数高到破表。

"主要是上海的甲骨圈小,像徐小姐这样喜欢甲骨文化的人,上海还是太少。这么有魅力的东西,真是应该多一点人了解啊。"文贞和说。

"我刚才和孙镜一起在看馆里的甲骨展出,觉得效果很不错。您这么多年在甲骨文化的推广普及上真是做了许多事情。"

"还是力度不够啊,所以我看了报道之后就很高兴。如果徐小姐你真的有这个打算,是件大好事,大好事。"

孙镜和徐徐对视了一眼。把人的心思喜恶摸清楚,前期工作做深做透,计划执行起来就会像现在这样,肥羊主动凑过来要求被宰。

"我只是有这样的想法,现在是想多了解些东西,特别是向您这样的大行家请教。毕竟光有钱是建不起一个博物馆的,要有拿得出手的东西,还要有好的收藏模式、管理模式,以及未来十年二十年的中远期发展规划。"徐徐说。

"我是年纪大啦。"文贞和摇了摇头,叹了口气,抿了口茶。

"但和三千多岁的甲骨文化比,还是个小年轻嘛,这个忙要帮的。"他接着说。

"您真是太幽默了。"徐徐抿嘴微笑。这个装模作样的死老头,她在心里骂。

以文贞和的脾气性格,他可能从不像现在这样,在谈话中处于绝对中心的地位。看到自己像磁铁一样吸住漂亮女人的目光,还有什么比这更让人愉快吗?

对文贞和来说,徐徐是绝对的主角,从哪个方面来说都是,而孙镜只是个陪同。孙镜也很好地扮演了这个角色,并不多话。在许多时候,他抱着欣赏的心情看徐徐表演,看她怎样引导话题、怎样布下一个个伏笔、怎样用表情和肢体语言操纵对方的心情,不轻不重,不徐不疾。这绝对是天赋,她天生就该行骗。

当然谈话没有必要进行得很深入。这是第一次见面,一本正经地讨论和上博合作建立甲骨博物馆太不合时宜。而且文贞和只是甲骨部的主任,不是馆长,没有决定权。只要有足够的暗示就行了,当一件事情还有着无限可能性时,最诱人不过。

比如文贞和可能代表上博参与到甲骨博物馆的筹建中,他将是一个受人尊敬的馆长而不再是小小的不受重视的甲骨部主任;比如他可能会有很高的薪水,而且能主持甲骨收购并在其中大捞一票;比如他可能收获一位年轻又多金的美女从尊敬转化成的另一种感情,看看她现在专注的眼神吧,谁敢说这种事情不会发生?

了解了这么多的可能性,当然就更有动力去让它变真。毕竟如果合作谈不下来,一切都是空的。这其中有许多的工作要做,大多数事情当然是徐徐的,但如果什么时候需要借助文主任的力量,想到这么多的可能性,他能不竭尽全力?

"老实说,像你这样年轻又漂亮的女孩子,对甲骨文化有这么大的兴趣,真是少见。很少见。"文贞和夸奖着徐徐,也不知他的重点是前半句还是后半句。

"神秘的东西永远让人着迷。"徐徐向文贞和送出迷人的微笑,"我觉得殷商是华夏文明从神话时代向有史时代过渡的阶段。我总是会想象,在六百年的苍茫天穹下,那些部落间是怎样征伐、扩张再走向融合的。部落文明的激烈碰撞诞生了许多不可思议的结果,其中的一些在后来演变成华夏文化的主流。甲骨文就是结果之一,当然金文也是。我想在世界上这也是绝无仅有的,两种文字居然在同一个时期里并存。

也许还有我们没发现的第三种文字,谁知道呢。"

金文就是刻在青铜器上的文字,而青铜器时期和甲骨文时期近乎重叠。听起来这的确有点神奇,一个文明圈里,有什么必要在一个时期里开发出两种文字,并同时使用呢?

徐徐曾经因为把金文当作金国文字而出了个大洋相,验证了徐大炮外号的同时也把当时进行的那个局彻底毁了。现在她总算记住了这个知识点,并且在这儿发挥了出来。

可是她立刻就发现,文贞和和孙镜的表情都变得很古怪。

文贞和的眼睛眯了起来,下巴一挪想要说些什么,却又一时没开口。他在惊讶。

孙镜瞪大了眼睛看着她,鼻翼和腮帮子同时动了动,那是因为上下腭牙齿间的紧压状态。他在愤怒。

"哦,爱好者总是会犯这样那样的可笑错误,看起来我又犯了一个。"徐徐镇定地微笑,仿佛这一点都不值得大惊小怪。

作为事后的补救,她的表现相当从容,尽管她还不知道自己错在哪里。

"其实,"孙镜好不容易把紧咬的牙松开,"其实,那是一种文字。"

"啊?"这个答案让徐徐终于忍不住露出了惊讶的神情,"甲骨文和……金文?可金文的研究从古代就开始了,甲骨文……"

她闹不明白的是,明明对青铜器上金文的研究从古时就开始,到今天对这种文字的认识已经比较深入了。要是它和甲骨文是一种文字,怎么会还有大半的甲骨文未破译呢。她的疑问被孙镜的眼神打断了,孙镜可不想她再出更多的洋相。

"刻在青铜器上的叫金文,刻在甲骨上的就叫甲骨文了。"孙镜说,"金文是破译甲骨文的重要工具,但是因为两者记载内容的类型不一样,所以甲骨文中有大量从未在金文里出现的字。另外金文是铸刻而成的,甲骨文是用锐器直接刻出的,书写方式不一样,同一个字的字形也就会有差异。但它们还是同一种文字,这是……"

孙镜忍住没说出"这是常识"的话来。徐徐也对甲骨文做了许多功课,网上搜罗了不少资料,但太过常识性的东西,却往往不会在资料里反映出来。比如她就从来没见到过"金文和甲骨文是同一种文字"这样的话。

问题在于,徐徐在之前的谈话中,把她搜集来的甲骨知识运用得很不错,给人以"相当专业"的感觉。这也很符合她所扮演的角色身份:一个对甲骨文非常喜爱,收集了大量甲骨藏品,对甲骨文化有深入了解的出资人。

这样的人,怎么会犯如此可笑的错误?

"你要向文老师学的东西,实在太多了。"孙镜摇头叹息。

"我都是自己东一榔头西一棒槌学来的,文老师要是有时间给我上上课,那是再好不过了。"徐徐赶紧跟上。

文贞和笑了:"上课不敢当,老头子就是找不到聊天的人,说说话有的是时间。"

两个人为了补救这个大娄子,又说了许多话来填漏,观察文贞和的表情,倒好像并不很在意。大概对这老头来说,能多些机会和徐徐谈心才重要,这就是美色的关键作用了。

"一个好的博物馆,除了展品的数量外,质量我觉得更重要。总得有几件镇馆之宝,就像上博的巫师头骨。可惜今天没见到。"徐徐开始进入正题。

"听说这件藏品通常是不展出的,这太可惜了,我也一直想见一见而不可得呢。"孙镜说。

徐徐凝视着文贞和,用柔和的声音说:"文老师,能不能找个机会,让我们到库房里看看这件藏品,饱饱眼福?"

这个要求其实并不过分。文贞和是主任,他带个把朋友进库房看看藏品,虽然破例,但实际上常有人这么做。而且如果未来真的合作建博物馆,不管是算长期外借还是其他什么形式,这件藏品总会和其他的甲骨文物一起带到新馆去,先瞧一眼算什么。

孙镜也只是需要瞧一眼而已。这是一个循序渐进的计划,先从不太为难的要求开始,再一步步深入下去。就像冬天晚上烫脚,热水不能一下子加下去,得慢慢升温。

"这个……"文贞和笑了笑,眼神在徐徐脸上溜了两圈,"这个恐怕不行。"

徐徐和孙镜都愣住了,他们又等待了一会儿,因为这老头可能是故作惊人之语,再来一个转折,就像先前一样。

"不好意思,这个恐怕不行。"

他们等到的却是这样一句毫无转折,进一步肯定的陈述。

竟然在第一步卡住了,这简直不可思议。在制订计划时,谁都没有想到这点。前面所有的步骤都非常顺利,除了徐徐放的那一炮。照理说,这是个顺势而下的要求,该水到渠成没有一点阻碍的。

精心为文贞和炮制出来的那么多伏笔,都没法让他迈过这一个坎?

这根本就不算是个坎呀。

难道是徐徐刚才犯错的后果？可看起来他对此并不在意啊，没表现出来？

两个人脑中闪过许多念头，却没有一个有助于解决现在的问题。

"徐小姐和我提过许多次头骨。"孙镜知道不能让场面僵下去，也许他需要加一些筹码，也许文贞和需要一个台阶。

"如果这件东西不是被上博收藏的话，她肯定会不惜代价买下来。对一个新的博物馆来说，太需要这种等级的珍品压阵了。她会为这样的东西准备专门的保管和展示方案的。文老师你也知道，亲眼看到东西和看图片的感觉是很不一样的，徐小姐一定非常感谢您。当然，也不能让文老师太为难。"

孙镜把"非常感谢"这四个字说得十分诚恳，如果文贞和要台阶，那么这就是了；如果他要的是其他什么好处，也完全能从这四个字里咂摸出滋味来。

"确实为难呀。"文贞和叹了口气，"这方面博物馆是有规定的，必须要馆长签字同意才可以，我想帮也没有这个权力。要么我帮你们问问看，但馆长会不会签这个字，可保不准。"

两人这回是彻底傻眼，这样的口气是毫无疑问的回绝，最后拖的那个尾巴，只不过是中国人说话特有的客气而已。

当然上博可能是有这样的规定，然而就和其他许许多多的规定一样，并不当真的。难道文贞和就是这样一个死板的或者说极有原则的人？哪怕面对这么多的诱惑，还依然坚守着不知被其他人突破了多少次的所谓规定？

他们开始明白这个老头为什么如此不被人待见了,韩裳之前的无功而返也就在情理之中。

接下来当然没有了谈话的兴致,向文老头告辞后,沿着上博地下办公区通向地面的坡道往上走,两人都默然无语。

这是一个完整而复杂的计划,当初制订出来的时候甚至让人觉得完美,结果还没开始就已经结束。有些事情是无法预测并且毫无理由的,就像命运一样。

但真的是毫无理由的吗?孙镜看了走在侧前方的徐徐一眼。

或许不是他那么的坚守原则,而是徐徐放炮让他起了疑心?

徐徐……徐大炮,这么低级的错误……好吧,她总是犯低级错误,不过这次的错误,是和从前无数次的无心之失一样,还是说……

孙镜抚动着戒指,疑心不由自主地冒了出来。

骗取巫师头骨是徐徐的提议,更花了很大的力气说服自己参与进来,她应该没有理由做出损害这个计划的事情来。

可是从韩裳离奇死亡的那天起,徐徐就有点不对劲起来。

韩裳为什么会死?从她留下的录音来看,她死前做的事情只有三样:一是准备话剧,二是找到了自己,三是要向上博借巫师头骨。如果没有错过别的什么信息,那么她死亡的原因就该是三者之一。孙镜不相信她的死真是一场意外。

简单的排除法。如果认为韩裳死于谋杀而不是诅咒,那么在其他证据出现前,第一条可以排除;如果韩裳因为找自己而死,那么自己这些日子早就不得安宁了,第二条也可以排除。

就剩下巫师头骨。

徐徐是有秘密的。也许因为这个秘密,让她在韩裳死之后改变了对巫师头骨的态度,不准备照着原先的计划来?

当然这样的猜测很可能是错的,徐徐只是和往常一样放了一炮,文贞和的断然拒绝也与此无关。然而孙镜至少可以肯定一点,徐徐不像看上去那么简单。

他轻轻嘘了口气,对搭档起了猜疑之心,继续合作下去,就变成一场高难度的智力游戏了。

老千这一行,玩的本就是智力游戏。

天色已经暗下来,徐徐站在车边,回头看了暮色笼罩的上博一眼,忽然对孙镜说:"对不起。"

她嘴巴朝左侧一歪,似乎有些说不出口,嗫嚅一番,还是讪讪地说:"我又放炮了,事情搞砸了都怨我。"

"你是对自己的天赋太有自信了,表现欲太强。"

徐徐瘪着嘴沉默一会儿,说:"要么我们从馆长那里找突破口?"

孙镜摇头:"那需要为你设计一个经得起推敲甚至查证的背景,这会是个大工程,而且容易出漏。出漏的后果也会很严重。好了,先找个地方吃晚饭吧。"

徐徐固执地站着不动,盯着上博的方向看,似乎一定要找出某种方法来弥补自己的过失。

"你等等。"她忽然想到了什么,扔下这句话,飞快地朝博物馆跑去。

"你去哪?"孙镜在后面喊了一声,却没得到任何回答。他皱了皱眉毛,也向上博走去。

远远的,孙镜看见徐徐往礼品部去了。他心里一动,猜到了徐徐想干什么。

等他不紧不慢走到礼品部门口,徐徐已经捧着个精美的纸盒子,笑逐颜开地跑出来。

"你猜这是什么?"徐徐问。

"一个模型。"

"正确。"徐徐把盖子打开,露出了里面的铜制模型。

巫师头骨的模型。

上博礼品部售卖的货品,大多是珍贵藏品的仿制品。国宝级的珍贵文物很多都有仿品出售,除了书画类,其余都按一定比例缩小。甲骨类的仿制礼品只有一种,就是巫师头骨。

这种仿品的标准十分严格,除了大小外,和原品的形态完全一致。很多青铜类文物的仿制品,就连颜色都能做到和真品一模一样。

不过这件铜制的假巫师头骨,和图片所见却有一个很大的不同:这是一具完整的人头骨。原因是网上搜得的照片拍摄年代较早,而上世纪九十年代,上博请专人复原了头骨缺损的下半部分,让它看起来成了一整个的骷髅头。仿制礼品制作时依据的范本是复原品,在拼接处用刻痕示意。

"我们能查到原件的尺寸,再对照这件仿品的缩小比例,这样你就可以……"徐徐后半句话没说,因为他们这时还没走出博物馆。

"如果文贞和答应我去库房亲眼看看实物,效果倒的确不一定比有这件东西来得好。"孙镜掂掂这个拳头大小的铜头骨,把它放回礼品盒。这时两人已经走出了博物馆,来到外面的广场上。

"可是,"他看了徐徐一眼,"这个要求只是我们一系列步骤的第一步。现在后续已经不可能完成,就算有了这东西替代了第一步的效果,也完全没有意义。"

"怎么会没有意义。"徐徐不想自己的努力被无视,"事情都是一步步做的,你能想出一个计划也能想出第二个。"

"原来你把希望全放在我身上。"孙镜耸耸肩膀。

徐徐的手机忽然响起来,她看了一眼,立刻抬头对孙镜说:"是文贞和。"

孙镜心里一喜,原来这老头依然只是在刁难而已,拖到现在再给个甜枣出来,是想换取更多的重视和好处吧。

徐徐对着电话"嗯、啊、好的、谢谢"了一番。

"他说什么?"等徐徐挂了电话,孙镜问。

"他说,我筹建这个博物馆的话,最好去拜访一下甲骨收藏家欧阳文澜。说他的藏品很丰富,地位很高,巫师头骨就是他捐给上博的。"

"这个我当然知道,他还说了什么?"

"没有。"徐徐恨得牙痒痒,"还以为他松口了呢。"

"认栽了。"孙镜微微摇头说,"找地方吃饭去。"

他快走了几步,突地停下来,问:"欧阳文澜?"

"对啊,就是那个很有名的甲骨藏家,该九十多了吧。怎么?"

孙镜笑了:"第二个计划。"

"什么?"

"待会儿吃饭的时候,你会听到第二个计划。"

"欧……欧阳文澜。"徐徐的声音有点发抖,她咳嗽了一声,大声说,"欧阳文澜1912年出生,今年九十五岁,国内甲骨收藏界不管是资历还是声望,在活着的人里都排第一。"

"嗯哼。"孙镜应了一声。

"他有一个儿子两个女儿,都已经去世,孙辈和曾孙辈大多定居海外。现在一个人住一幢带花园的老洋房,在上海复兴路上。按照常理判断,应该雇有长年陪护的人员及花匠之类。"

"嗯哼。"孙镜调整肩头麻袋的位置,里面装着的家伙在高一脚低一脚的颠簸行进中发出轻微的叮当碰撞声。

"其实在过去的几十年中,他已经把早年收罗的大部分藏品捐给国家,现在分散在全国各大博物馆里。这样的一个老人,要寻找他的弱点其实并不像很多人想的那么困难。老人最怕的是死,这点我们当然无能为力,但是其他方面可做的就太多了。"

"嗯哼。"

"除了'嗯哼'你就不能再说些别的?"徐徐气了。

"小心走路别摔倒。"

"喂!"

"你说的都是我们已经分析过了的东西,当然我知道你害怕,你继续说吧。"

徐徐梗直着脖子,说:"我是在梳理一遍头绪。我……我……我刚才说到哪里?"

"老人的弱点。"

"哦对了,老人的弱点。确切地说是个老男人的弱点。让男人晕头转向我最擅长,哪怕一百岁也是一样。二十岁的女人喜欢比她大的男人,三十岁的女人喜欢比她小的男人,四十岁的女人喜欢能好好过日子的男人。比起来男人始终很专一,他们永远喜欢二十出头年轻水嫩摸上去有弹性身材好的漂亮女人。"

"你说得很对。"孙镜同意。

"所以只要我出马,再扮得温良乖巧一点,印象分就全满了。除了死,老人怕的另一个就是孤独,孤独让他们想到死亡。特别像欧阳文澜这种儿女都先他而去,孙辈远在海外的,有个年轻女人陪他说话解闷,判断力和警觉性就会降到最低。而且说到底我们也不准备骗他什么东西,做的所有事情都是对他有利的。"

"嗯哼。"

"接下来再分析他的性格弱点。他捐了那么多的东西,连巫师头骨这种国宝级的也捐出去,才有了现在的声望。这种行为当然能获得很高的道德评价,但另一方面,考察他每一次的捐献,不论量多还是量少,价值贵重还是普通,都会在当地媒体上看见报道,受捐方也会举办专门的仪式。这并不是自然形成的,有受捐方投其所好的因素在内,所以欧阳文澜绝不是个淡泊名利的人。他好名,求名,只不过用的方式与众不同。"

"所以,"徐徐清了清嗓子,"所以,针对他这个弱点,嗯,实际上老人更好名,人不能抗拒死亡,但是名可以流传下去,所以呢……"

徐徐的话略略混乱起来,她忽然深呼吸了两下,问:"还有多远,到底还要往前走多远?"

"快了。"

孙镜话音刚落,手电筒光柱没照到的黑暗里,响起了声凄厉的怪叫,然后传来一阵"扑簌簌"枝叶响。

徐徐尖叫一声,脚下装了弹簧一样跳起来,蹦到孙镜身边,双手死命抓着他的胳膊,手电筒当然也掉在了地上。

这是上海松江附近的某个地方,具体是哪里,徐徐可搞不清楚。从高速公路松江大学城出口下来时她看了次表,刚过十一点。然后孙镜又七拐八弯地开了好一会儿,在一个十足的荒郊野外停了车。这是辆黑色的"普桑",熄了车灯后,在这没有路灯的地方,走得稍远一点就全没在黑夜里了。至于宝马车,租金贵得很,他们就租了那半天。

下了田埂,再从田地走到这片树林里。树林不密,却越发显得荒凉。今晚的月光很亮,透过枝叶在四周撒出片片苍白,瘆人。这很大程度上是心理作用,换了另一个情境,徐徐也许会认为有美感,但现在,她知道孙镜打算带着自己去干什么。

挖坟。

不用孙镜提醒,徐徐立刻就意识到把自己吓得魂不附体的是只猫头鹰,讪讪放开孙镜的胳膊。

"差不多就是这一片了。"孙镜停下脚步,把麻袋从肩上卸下来往地上一扔,"丁零当啷"一阵响。

徐徐拿手电筒四下里照,看见一个个高低不平的小土丘。树东一棵西一棵的稀稀拉拉,枝干细弱,生长得也歪歪斜斜不挺直。她觉得脚底下踩着的土地阴寒阴寒,连树的生命力都被这阴气吸了去似的。

"清末的时候这儿叫断头坡,据说埋了很多砍断了头的死囚。后来世道坏了,附近饿死的或者打仗死的,只要没家属收殓,都拖到这里刨个坑埋了。"

孙镜抖开麻袋,拿出铲子,递了一把给徐徐。

"你看哪里高出一块,往下挖准有,上面的覆土不会很厚。我们分头挖。"

这样的乱葬岗,当然不可能有陪葬品,除了骨头还是骨头。孙镜就是冲着骨头来的,他需要一颗和巫师头骨形状相似的头骨。作假的手段再高超,也得有称手的材料才行。

孙镜把手电调到散光,架在旁边一株矮树的树杈间。其实这儿树间距很大,月光照下来,亮度足够了。要不是考虑到徐徐,他会熄了手电。

"嚓",孙镜把铲子斜插进土里,脚一踩,再一挑,就铲了一大块土出来。这儿的土浮得很,并不密实。

第二铲下去,手里的感觉就不一样了。出土的时候忽地有一星磷火,浮动在空气里。

徐徐在另一边才只刚把铲子插下去。她总觉得有阴风往脖颈里钻,一哆嗦,又一哆嗦。她拔出铲子,跑到孙镜身旁。

"还是两个人在一起挖吧。"她小声说。

孙镜第三铲下去,又来回拨了几下。他手上早戴好了橡胶手套,蹲下身子在小坑里拨拉。

徐徐见他摸了个白森森的东西在手里,还没看真切,就又扔回小坑里。

"是个小孩。换个地方再挖。"孙镜扭头看看徐徐,月光下她脸色惨白惨白。

"你没事吧。"

"没。"徐徐回答得很简洁。实际上她不知道自己能不能说出更长更完整的话来。

"那你把旁边的土回填进去吧。我挖你填,后续工作做好,冤魂就不会缠着你。"孙镜说着向徐徐一笑。

这话一说,徐徐就觉得有只透明的手渗进身体里,对着心脏狠狠捏了一把。

实际上骨头是孙镜刨出来的,要缠也缠不到徐徐身上。

"没那么容易找到合适的,我估摸着总得挖个十几二十颗脑袋才行。"孙镜说。

徐徐想象了一下二十颗骷髅头摆在面前的情形,深深后悔为什么要答应孙镜一起来挖坟。看他这么自如的样子,分明不需要自己帮忙,一个人就可以了。

他整天和尸骨在一起所以才不会怕。徐徐对自己说。虽然那些只是乌龟的尸骨。

"这个家伙头顶心怎么是尖的,洋葱头吗?埋了。"

"见鬼,脑门上挨了一枪,否则就选他了。埋了。"

"呵,这家伙脑容量够大的啊,脑子再大死了一样喂蛆。埋了。"

"差……差不多就行了吧。"徐徐说。

"那怎么行,我们需要的是一个完美的作品。它要做到的不单单是和真品互换后让人一时看不出真伪,还要扛住之后的鉴定会。"

"好吧。"徐徐只好同意,毕竟这个计划建立在孙镜的作假技术上,一切要听技术人员的。

当然,孙镜所说的扛住鉴定会,不是指他能做出一个骗得过任何专家和仪器的仿品,没人能做到这一点。他要做到的是,在合适的时机挑起上博巫师头骨的真伪争论,然后诱导对其进行重新鉴定。在未来的这个鉴定会上,仿造的巫师头骨当然会被识破,但考验孙镜功力的地方在于,他要让所有人以为,从上博收藏这个巫师头骨的时候开始,它就是个假货。也就是说,欧阳文澜收了个假货,又把它当成真品捐赠给了上博。

显然,他们在为上博炮制一场大丑闻。如果可以做到,那么当真头骨在海外公开出现时,其来源就不会受到怀疑。

幸运的是,上博的巫师头骨从来没有被进行过年代鉴定。因为从这件甲骨出土,又到了斯文·赫定手上,再辗转至欧阳文澜,一系列转手都留传有序。这是收藏界的术语,意味着这件古物历来被收藏都有据可查,因此留传有序的古董就相当于有了真品保证。

当留传有序的巫师头骨被鉴定为假,想把人们的思路从"在上博期间被调换"上引开,除了孙镜的制假技术保证外,更重要的是在之前某个收藏环节上制造问题。

还有比斯文·赫定更合适的栽赃人选吗?他曾经托斯坦因把巫师头骨运出中国但受阻,于是就找人仿造了一个掩人耳目,偷偷将真品运到了海外。所以上博的巫师头骨年份鉴定的结果,死亡时间距今只有百年左右。这个乱葬岗上的骨头年代正合适,可以把黑锅丝丝入扣地盖在斯文·赫定头上。

在那个年代里,有太多的国宝级文物以各种方式流出海外。当调查的矛头指向斯文·赫定时,民众很容易会相信这一点,并且可以想象将如何的义愤填膺。近百年前的事情了,谁能查得清楚,再说赫定确实做过尝试。"莫须有"三个字在中国向来犀利得足以杀人。

何况孙镜和徐徐这两个老千,有的是伪造线索混淆视听的手段。

解决了骗走巫师头骨的后遗症,这个不可能完成的任务就变得非常简单,简单到只欠一个调包的机会。

"你这么好的策划能力,为什么不考虑专职干这行,甲骨真的很有趣吗?"徐徐问。其实和最开始的自说自话差不多,她是无法忍受那一铲一铲的挖坟声。

"当然,甲骨很迷人。说实话我也奇怪自己为什么对这些骨头有兴趣,大概是遗传吧,你知道从我往上一串都是搞甲骨的。"孙镜用手向天上指了指。

"不过他们都是纯粹的甲骨学家,不像我,又造假又当老千。我也说不清楚哪个是兴趣哪个算职业,但这重要吗?"

"不重要。"徐徐有点丧气地说,"许多人说我有天赋,可我总是把事情搞砸。我看你才是有天赋的那个吧。"

"只有在你还嫩的时候才会受到鼓励。"孙镜回答。

"切。"

"不过你确实有天赋,这点没人怀疑。就像我虽然根据欧阳文澜的性格弱点,制订出回借他所有捐赠品举行庆寿慈善展的计划,但执行人却非你不可。你轻而易举就能把他心里那撮求名的欲望勾出来浇上油点着,去借回那些捐出去的甲骨文物。"

孙镜嘴里说着话,手里拿着个白森森的骷髅头,从头盖骨的弧度到两个眼窟窿的大小间距,翻转看了一会儿,没有扔回坑里,而是摆在了一边。

"这个还有点接近,备用吧。希望能找到更合适的。"他说着转头看看徐徐。

徐徐却不敢去看这人头,整个人都是僵硬的,一看就非常不自在。

孙镜心里奇怪。开挖到现在也有好一会儿了,从开始徐徐的自言自语,到后来他有意识地陪着说话,照理徐徐的恐惧情绪该有所缓解,怎么却还是这副模样。

干这一行,虽然不说要常面对死亡,但胆子大、神经坚韧是必须的。真正高明的老千,任心里如何惊涛骇浪,面皮上该什么表情还得是什么表情。徐徐现在的表现,可不正常。

看起来,他今夜坚持让徐徐跟着一起来挖骨头,还真是对了。

如果一个人在正常状态,当然会把心里的秘密保管得好好的。要想撬出秘密来,得在非正常的状态,用非正常的方式。

通常一个人表现不正常是因为心里有鬼。而小街上有一个疯子老太说她见到了鬼,她见到的那个"鬼"现在正站在乱葬岗上,对着死人骨头怕得快要发抖。她在怕鬼吗?

有点意思,孙镜心想。他拍拍骷髅头的天灵盖,忍不住微笑起来。

"你知道让自己不再害怕的秘诀吗?"孙镜说。

"什么?"

"如果你一直逃,受到的压力就会越来越大。想不害怕要做的第一件事情,就是不逃。你怕鬼吗?"

"切。"徐徐哼哼了一声。

不过片刻后她小声地说:"有点。"

"你相信有鬼?还是你见过鬼?"

这一次徐徐却没回答。

"你觉得韩裳死了会不会变成鬼?她死得可不太漂亮,通常这种死法很容易变成厉鬼的。"

徐徐猛抬头看孙镜,他却侧对着她,一铲铲地挖土,仿佛那些话只是闲扯家常。

"她……我……"

"你一直在怕,从那天开始。是因为韩裳的魂魄在跟着你?看着她脑袋砸烂的感觉怎么样,有鬼从里面冒出来吗?"

孙镜慢腾腾说着,语气在这坟场上浸润得越来越阴森。他转过身正对徐徐,把一个刚挖出来的骷髅头托在掌上,挡在面前,看起来就像自己的头。

总算找到一个合用的脑袋了,自己这样子应该很吓人吧。孙镜心里想着,把骷髅头从眼前慢慢移开。

什么声音?

刚才他的视线被白森森的后颅骨挡住,现在却赫然发现,徐徐不见了。

孙镜不禁惊讶地张开了嘴。

"不会吧。"他喃喃说着,目光往下移去。

徐徐躺在地上,已经晕了过去。

孙镜愣了一会儿,蹲下去用力掐她人中,没半点反应。

他看着徐徐的脸庞,觉得自己也许做错了些什么。

"别太重啊。"孙镜叹了口气,把她横抱起来。

轻盈得让人心动,然后,体温就传了过来。

自己有多久没这么接近一个女人了?噢,并不太久,就在前几天,他的房门口,那两分钟的几乎难以控制的激情。

孙镜紧了紧双手。

徐徐长发垂下,在夜风里飘扬,微香。

最好的逃避方式,莫过于陷入沉睡。但如果一睡不醒,那么一切都失去了意义。

六、宿 命

太阳很好。

"那天中午,我想赶早一点,先在美琪戏院旁边吃点东西。"徐徐说。

"我想在首演前后找个机会接触一下韩裳,探探她的底。正常做学问可没有花这么多钱的道理,而且她的学问应该做在演戏上,不是八杆子打不着的甲骨文。"

孙镜有些忧虑地看着她,微微皱眉。

"没想到会在半路上就碰见,不过看到她站在那儿的时候,我就认出来了。我正准备上去跟她打个招呼,就看见……就看见……"徐徐的脸色发白。

"看见花盆掉下来砸到她?"

"嗯。"徐徐紧咬着牙,额头上开始发出细汗来。

"还有呢?"

"还有……我闭眼……闭眼……"

"你闭上眼不敢看?再睁开的时候呢?"

徐徐的嘴唇发抖,太阳穴一跳一跳。她突然用手捂住头,蹲了下去。

孙镜叹了口气,弯下腰轻拍她的肩头。

"算了,算了,不用想了。对不起。"

这是第三次。

自从在乱葬岗上被孙镜吓晕过去之后,每次徐徐试着回忆那天小街上的情形,就会有巨大的恐惧从身体里的某个黑洞中释放出来,然后头痛得无法再想下去。

孙镜觉得自己之前的判断,恐怕是有了些偏差。

也许不要试探,早一点直截了当地问徐徐,结果会完全不同。孙镜轻轻摇头,他采用了一种看上去更保险的方式,这没什么错。人必须要懂得防卫,尤其在向危险接近的时候。

防卫是为了避免伤害。但伤害是守恒的,总会落在某一方,不是自己,就是别人。

可是……

行人们都往这边看过来,好在这条路上人并不多。

几分钟后徐徐缓过气来,站起时脸色还有些苍白。

这是在去往欧阳文澜住所的路上。天气好得很,阳光明媚得带了暖意,光只这样在人行道上漫步,就是件让人心情愉快的惬意事。孙镜刚刚获得证明,人内心总有些角落,是外界环境无力影响的。

徐徐看了孙镜一眼,她现在当然明白,这几天里孙镜的许多话和行为都是试探,这代表猜疑。

被猜疑的滋味可不好受,而猜疑来自孙镜,更让她心情低落。但徐徐也很清楚孙镜为什么会这样做,对换彼此的位置,她同样会心生警惕。谁让她一直不提在小街上的事,而偏偏又让孙镜知道她在那儿了呢。

她究竟在现场看到了什么,孙镜还是忍不住在心里琢磨这个问题。回想此前谈到这个话题时徐徐的反应,总是在回避。这种回避更像是不自觉的,人在什么情况下会这么做?

恐惧是最可能的,太过恐惧的记忆会让人不愿回顾,这是心理上的自发保护;要么是过于荒谬,认为讲出来也不会被人相信。

两人各怀心思,谁都没有再开口说话。

欧阳文澜的宅子就在过了这个路口的不远处,他们在红灯前停下,孙镜清咳一声,说:"没精神啦?一会儿还得靠你花倒老男人哪。"

他从裤袋里摸出一个小红袋,递给徐徐。

"这是什么?"徐徐拉开袋口。

"避邪的,早上去静安寺请的开光观音佩,我看你总有点心神不宁。"

"切,小恩小惠。"徐徐不屑一顾地把东西扔进手袋里。

孙镜笑笑。

"闭眼。"

"什么?"孙镜没听清楚。

"我说你闭上眼睛。"

孙镜把眼睛闭了起来。

徐徐拉起他的手往前走。

"别睁眼啊。"徐徐说。

"还是红灯啊。"孙镜吓了一跳,被徐徐牵着在来往的车流中一步步横穿路口。

闭着眼睛当然走不快,徐徐走走停停,孙镜只觉得身前身后不时刮起呼啸而过的车风,还有一次突然大车喇叭就在耳边响起来。

刚开始他迈步还比较自如,但那记车喇叭吓了他一大跳,手上也用力把徐徐握得紧紧的。

"抬脚,上人行道。"

"还不能睁眼?"

徐徐没说话,拉着他向前。两人配合了这么会儿,速度快起来,孙镜数到第二百三十七步的时候,徐徐的手重重往下一扯,然后放开。

"好了,到啦。"

孙镜把眼睛睁开,面前是两扇黑铁门。他侧头去看徐徐,见她正把红绳系着的观音玉佩套在颈上,手掌托着观音在眼前端详了一下,塞进薄羊毛衫的领口。

"挂在外面不是挺好?"孙镜说。

"我是什么身家啊,挂这种便宜玩意儿,一下就穿帮了。"徐徐话一出口就觉得不妥,忙低声向菩萨讨饶。

按了门铃,两人等了没多久,就听见里面脚步声响。

这次拜访是有预约的,介绍人是文贞和。孙镜自己也能想办法联系上欧阳文澜,但既然文贞和并不像对徐徐身份有所怀疑的样子,又是主动向他们提起欧阳老先生,由他出面再好不过。这样他就要先向欧阳文澜介绍拜访者的来历,等于在不知不觉中,用自己的信誉为两人的身份作了背书。

用徐徐的话讲:"他总得做点什么事情,否则我那么多眼神都白抛啦?"

左边的铁门上嵌有一扇小门。这扇小门现在被拉开了,看见开门的人,孙镜和徐徐的心里都有那么点诧异。

当然不是九十五岁的欧阳文澜本人。这是个身材肥壮的中年男人,脸上五官分散,像是患了唐氏综合征。

他冲两人笑笑,开口说话前先咂了几下嘴。

"请,跟我,来。"他的语速和音调都十分怪异,看来的确是弱智人士。

这是个很大的院子,男人在前面走着,并不领他们往中心的小洋楼去,而是沿了条卵石路向后绕。

院子是按着苏式园林风格布置的,随处可见奇石假山,配合老树隔挡出许多景致。有一条小水渠环绕着洋楼,他们走的这条卵石径大抵就是沿着水渠的。渠中清水缓慢流动,可以一眼看到浅浅的渠底,那是些生了青苔的石块,布置得很有天然意趣。

溪水在后院里汇成了个小池塘,一只黄白毛色的猫儿正蹲在塘边。听见脚步声,竖着耳朵侧头看了看,又回过去继续探出爪子捞鱼。它斜对面还有只灰猫,也正往水里探头探脑。

小池边是一个葡萄架,藤蔓在四周垂下来,就像间敞开的茅屋。架下一头摆了张嵌云石的六方桌,看式样是清朝的,黄花梨的颜色纹路。孙镜虽然不精通明清家具,但他想欧阳文澜用着的,总归是好东西。

欧阳文澜就坐在桌边。他穿了件青色的中式上衣,头顶上没有半根头发,颔下也无须,只有两条白眉毛长得老长,挂到了眼角,像个慈眉善目的老僧。他脸上的皱纹相对于年纪,异乎寻常的少,只有眼角鱼尾纹较深,还被长眉遮去了许多。老人斑也不太有,皮肤光洁,看上去并没有深重暮气。

一只白猫懒洋洋地趴在六方凳上晒太阳,体态就和另两只一样肥硕。欧阳文澜一手搭在白猫背脊上轻轻抚摸,一手端着紫砂小杯抿茶。桌上有茶壶和空杯,还有个铜铃,桌脚有个烧煤的小炉子,炉上暖着一壶水。

没等孙镜他们走到跟前,欧阳文澜就转头看过来,更显得耳聪目明。他并不站起,微微点头打招呼,把手中小杯放到桌上。

"欧阳老,您好。"

"孙先生和徐小姐?"他象征性地问了一声,又说,"阿宝,搬两张椅子。"

阿宝从六角桌下搬了两张六角凳出来,老先生挥挥手,他咧嘴呵呵一笑,快步离开了。

欧阳文澜见两人注意阿宝,说:"我从福利院里领养的孩子,几十年了,老啦也就他能一直伴着我。"

两人想想也确实是。有谁能一直陪着高龄老人,就算是出钱雇人,也免不了有自己心思,只有阿宝这样半傻的人,才能和眼前近百岁的老人相互依存,谁都离不了谁。

"请坐,不错的普洱,请自用吧。贞和都和我说了,很好的想法啊,我一直想做都没做成。"

欧阳老人健谈得很,实际上所有的老人都这样,因为肯陪他们说话的人太少了。欧阳文澜在收藏界名气响得很,平时生活里却除了猫只有阿宝陪伴,都不是好的交流对象。今天风和日丽,有客临门,兴致高涨。

起初的话题当然围着甲骨绕来绕去,徐徐这次收敛起表现欲,顺着欧阳文澜的话头去说,曲意应和下,院子里时时响起老人的笑声。

不过这总归还是宾客间的聊天气氛,要想更近一步,徐徐还得要些手段。

"这猫真漂亮。"徐徐寻了个机会把话题岔开,起身凑近到猫旁边。这动作幅度过大,本该有些突兀,但徐徐神情自然又带了几分女孩子的天真,没让人觉得一丝不妥当。

徐徐轻抚着白猫背上的皮毛,欧阳文澜的手本就一直放在白猫的背上,徐徐这么摸来摸去,免不了要碰到他的手。要是欧阳文澜再年轻个四五十岁,这动作就显得太富有挑逗意味,很不庄重,可现在却反而生出一丝仿佛祖孙间的融和感觉来。

只这一个动作,就令气氛有了微妙的变化。孙镜在心里点头,再一次激赏徐徐的天赋。

"您也喜欢猫啊,养了三只呢。"

"可不止三只,我都搞不清楚有多少,全是阿宝捡来的流浪猫,养得好了,常常也会有朋友要过去。少的时候七八只,多的时候十几只,这数字常常变的。等晚饭的时候阿宝一敲猫碗,那可热闹。"

"唉……"徐徐轻轻叹了口气。

"怎么?"老人看她。

"没什么,我想起爷爷还活着那会儿,他也喜欢猫,养了两只。那两只猫老死以后,他也很快就去了。"

欧阳文澜轻拍徐徐的手背,以示安慰。

"真不好意思。"徐徐转过头去用力眨了眨眼睛,眼眶略略发红。

装得还真像,孙镜在心里说。

徐徐顺着就说起自己爷爷,说什么自己之所以会喜欢甲骨,都是受了爷爷的影响,怎么听都会让人觉得,她的爷爷和眼前的欧阳文澜有三分相似。

她当然不能一直把猫背摸下去,瞅着欧阳文澜一个扭脖子的动作就问是不是头颈不舒服。

人上了年纪,腰背头颈哪有不出问题的,所以徐徐就顺势站到欧阳文澜背后轻捶慢推起来,就像"从前给我爷爷推"那样。如果这情景被别人看见,怎么都不会相信徐徐和欧阳文澜这是第一次见面。

从欧阳文澜的表情就看得出来,徐徐的推拿技术很不错。他眼睛微微眯起来,却忽然长长叹了口气。

"好好的怎么叹气啊?"徐徐问。这却已经不是客人的口气了。

"我是想到了前些时候找我聊天的一个女孩儿,就和你差不多年纪,她也好甲骨这学问。"说到这里,欧阳文澜摇摇头就没再说下去。只是为什么会叹气,却还是没有解释。

孙镜心里一动,脱口问道:"是叫韩裳?"

韩裳曾经为了斯文·赫定而四处拜访当年安阳考古的老人,以欧阳文澜的年纪资历,要了解当时的几次甲骨考古,正是一个很好的拜访对象。但她在录音里并没提到欧阳文澜,大概是没能从他这儿得到有关赫定的重要消息。

"噢,你认识她?"欧阳文澜有些讶异,又重重一叹,说:"她这年纪太可惜了。"

像欧阳文澜这样的老人,因为客人稀少,对每一次的访客都很看重。聊得愉快的,更是能回味许久。主要倒不是回味聊天的内容,而是牵连着会想起自己过往的时光。年轻如徐徐、韩裳这样的女孩子在面前,老人再怎样精神矍铄也终究会老态毕露,那种欣欣向荣的生命和自己即将腐朽的死亡形成强烈对比,没有人会不心生感慨。可是不久之后却知道了韩裳的死讯,不免有白发人送黑发人的唏嘘。

却不知道欧阳文澜是怎么知道的,他还能自己看报吗,可能是阿宝读给他听的。

"是很可惜。发生意外的时候我就在当场呢。"

"哦?"

"朋友送了我一张话剧票,她是女主角。就在去看戏的路上……"孙镜简单地说了。

"听上去你们不认识,那你刚才怎么猜到我叹气是为了她?"欧阳文澜思路相当清楚。

"应该说是还没来得及认识。她来找您是想知道些1930年前后安阳殷墟考古的事吧?还有斯文·赫定?"

欧阳文澜微一点头。

"她和我约时间见面,也是为了类似的事。没想到还没正式见面她就不幸去世。"孙镜半真半假地说。

"你?"欧阳文澜有些微诧异。

"其实是为了我的曾祖父,他是当时的考古队员之一。"

欧阳文澜长长的白眉挑了起来,眼睛盯着孙镜打量。

"孙……孙怀修?"

孙镜愣了一下,才回忆起来,怀修是他曾祖父的字。

"是的,您认识我曾祖父?"

"怀修的后人啊。"欧阳文澜看着孙镜的目光含着岁月的沧桑,一时却没有说话。孙镜知道,他大约是在回想自己的老朋友和那段时光。那个时候,欧阳文澜还只是个二十岁的毛头小伙子吧。

不需要回答,看欧阳文澜的神情,孙镜就知道,他和自己的曾祖父,并非泛泛之交。他下意识地摸了摸胸口,那块金属坚硬而突兀地横在那里,这些天来他时时刻刻把它揣在身上,出于什么原因,自己也解释不清楚。

不知从哪里来的冲动,孙镜拉开夹克拉链,从内袋里把梅丹佐铜牌拿了出来,放在六角桌上。

"您见过它吗,在我曾祖父那里?"孙镜话说出口就有些后悔,这个问题和今天的目的没有关系,他本该让欧阳文澜把注意力尽可能放在徐徐身上的。

铜牌是温热的,但手摸上去的时候,或许是心理因素,总觉得有一股寒气在其中徘徊不去。这寒意在心头绕了一圈,突地令孙镜想起了个不合理的地方。

他记得韩裳在录音里说,她并没有找到至今还在世的安阳考古的当事人!

也许欧阳文澜并不是当时的考古队员之一,但他分明认得自己的曾祖父,也认得斯文·赫定,韩裳怎么会在他这儿一无所获,以至于没有在录音里提到他一句?

趴在凳上的白猫忽然叫了一声,跳下去跑开了。

徐徐替老人捶背的手僵了僵。这块东西她也是第一次见,但她立刻猜到,这一定就是韩裳所说的梅丹佐铜牌。

欧阳文澜并没有伸手去拿这块铜牌,他的双手安静地放在膝上,小杯中的普洱茶水已经凉了。他稍稍偏过头去,对站在身后的徐徐说:"累了吧,歇歇吧。"

"是有点呢。"徐徐有些夸张地甩了甩手,溜回凳子坐下来。她今天表现出来的,是最投老人喜欢的小女孩儿性格,要是文贞和看见,会觉得仿佛换了个人似的。

欧阳文澜看着徐徐的眼神,已经带着老人对儿孙辈的宠溺,但当他慢慢把目光移到孙镜脸上时,却换成了另一种意味。这种意味太过复杂,以至于孙镜分辨不清,这里面包含着怎样的情绪和故事。

"你想知道什么?"老人问。

"你已经知道了什么?"他顿了顿,又问。

孙镜欲言又止。

他想到了韩裳在录音里说的那些东西,如果把这些说出来,就牵涉到太多的事情。他要交代来龙去脉,或者编造来龙去脉。后者有被识破的危险,前者他一时无法下定决心。

"我确实认识你的曾祖父,但那是很久以前的事了。"欧阳文澜说这句话的口气,分明是不想再提往事。

"父亲和爷爷都死得很早,所以我对曾祖父几乎一无所知,只知道这块铜牌是他留下来的。"

欧阳文澜注视着孙镜,轻轻摇头。

"如果对怀修的事,你什么都不知道的话……也许我也不该告诉你。有些事情……"欧阳文澜又摇了摇头,住口不说。

秋冬下午的阳光很短暂,天色正开始阴暗下来。欧阳文澜摸了摸杯子,叹了口气:"茶凉了啊。"

告辞之前,徐徐问能不能再来看他。

"当然,你愿意来陪我这老头子,随时欢迎的。"欧阳文澜拿起铜铃铛铛地摇了几声,阿宝就小跑着出现了。

阿宝把两人送到大门口,憨笑着招手:"常来坐坐。"

"老爷子对你印象不错。"孙镜说。

"很不错,我能感觉到。最多再来个两次,我就能提办展的事了。"徐徐自信地回答。她往孙镜的胸口扫了一眼,问:"这就是那块牌子?你戴着它小心点,邪得很。"

听上去是关心,实际上却是不满孙镜瞒着她。

孙镜却没有解释,说:"看起来,韩裳拜访他的时候,他也一样什么都没有说。"

"听他的口气,如果你不说是孙禹的曾孙,说不定他会说不认识孙禹。"

当年围绕着孙禹究竟发生了些什么事情,以至于欧阳文澜准备把它们烂在历史里,就算碰见自己这个孙禹后人也不松口?孙镜皱着眉,慢慢转着无名指上的玉戒。

"找机会我帮你问问。"徐徐说。

"先把办展的事落实了。这个是私事,有机会的话……看情况吧。"

"私事?我看没准有些联系呢。我总觉得,这巫师头骨不简单。"

"现在觉得烫手了?"

"哈,不烫手的还算是宝贝吗?"

"中国的巫术传统源远流长。三皇五帝时代,神农尝百草,在西南蛮荒一带的山野间……"

说话的是一个长发披肩的中年男人,面色凝重,盘腿坐在雨后湿润的草地上。在他的对面,一样的姿势坐着一男一女,年纪都已经过了四十,用很恭敬的神情听他说话。

这是崇明岛上的一处庄园,孙镜在门口登记好换了胸牌,进来没走多远,就在小草坪上见到了这一幕,不禁停下脚步,听听他们在说些什么。

"西方称为魔法,东方称为道术,其实都是巫术的一种,这些伟大的力量,在今天的科学时代,已经很难再见到了。"长发男人继续说着。

"我所学习的称为傀儡术,放松身体,不要害怕。"他说着,伸出右手,用食指和中指朝对面听他说话的女人一指。

"倒!"他喝了一声,话音刚落,那女人就扑倒在地上。

"滚!"他接着说,手指一歪,女人就向旁边翻滚了出去。

原本和女人并肩坐着的男人却还是很镇定,像什么都没发生一样,或许他已经见得多了。

会傀儡术的长发男人手又向他一指,忽然注意到孙镜站在旁边看,慢慢把手移到了孙镜的方向,朝他笑了笑,突然用更响的声音喝道:"倒!"

孙镜耸耸肩膀。

"滚!"他又说。

孙镜冲他笑笑,向前走去。

小草坪的两侧是桃树林,树林绕着小湖。空气里含着草木泥土的气息,比市中心呼吸起来畅快得多。

草坪上树林间,有人或散步或伫立,他们大多都有些年纪。不过还是有几位年轻姑娘,穿着一色的浅蓝色衣服,站在一边看着。

湖的一侧有片假山石。一个头发花白但剃了个板寸的男人,把左手放在一块表面平整的石头上,右手握着一支圆珠笔。他瞅准左手拇指和食指张开的空隙,将笔"笃"地插了下去。顿了两秒钟,又跳到了食指和中指间,如此往复。

孙镜经过他身边的时候,他忽然转过身,拉住孙镜的手。

"你敢不敢?"他问。

"什么?"

板寸头抓着孙镜的右手,按到石头上。

"我练过的。"他安慰着说,然后握笔的手猛然发力,"笃"地插了下去。

第一下之后,他抬眼看看孙镜。然后第二下,又抬眼看看孙镜。

从第三下开始,他的速度突然加快,快得像疾风,圆珠笔尖敲击在石面上的声音连成了一片,像暴雨。他的速度还在加快,快得那只握笔的手就要变成一团影子。他腮帮子上的肉抖起来,急促地喘气,每口气吸到喉咙口就卡住,一声一声,像只待宰的鸡。

"叭"地脆响,塑料圆珠笔断裂开来,笔芯笔管飞散。板寸头抛下手里的半截笔管,摊开手看看被刺破的手掌,冲孙镜点头。

"你很好。"他说。

另一只手从侧面伸过来,抓住孙镜的胳膊,把他拉走。

这是个六七十岁的老人,他穿着和那些年轻姑娘一色的蓝色制服,拉着孙镜走了十几步才松开,皱着眉头说:"你发什么疯啊,多危险。"

孙镜笑笑:"我认得他的,我知道他的技术很好。"

"技术再好也是疯的,你知道他会往哪里插?"

孙镜又笑笑。

老人摇头:"你还是一点都没变,其实这也是一种精神障碍。"

"可别把性格和障碍混为一谈,这是职业病吗,王医生?"孙镜苦笑,"有性格就代表在某些方面极端一点,对不对?在这个没意思的世界里我总得给自己找些乐子。"

"只有疯子才在危险里找乐子,孙镜。"王医生用开玩笑的口气说,但又并不全是玩笑,"我活了这么久,都还不觉得这个世界没意思呢,也许你该常来跟我聊聊天。"

"噢,聊些什么?聊老爸死了老妈疯了,所以童年期有阴影造成性格缺陷?医生啊,那些理论我也清楚得很呢。"

王医生也笑了:"其实我想你该快点找个好女人结婚,这样你会有归属感。不过我担心什么样的女人才会吸引你。"

"您还是多担心住在这儿的病人吧。我妈最近怎么样?"

"还不错。和前些年比,现在她的情绪趋向稳定,思路也比较有逻辑性。大多数时候,她就像个正常的老人了。"

从孙镜把母亲送到这个疗养院开始,王医生就负责她的精神治疗,已经有十多年了,和孙镜彼此之间非常熟悉。

"她还恨我吗?"孙镜问。

"像是好了许多。这么多年还是找不出她恨你的原因,如果把这个原因找出来,治疗起来就更有针对性了。"

"反正我是已经把能回忆得起来的细节都回忆了。"孙镜叹了口气说。

自从九岁那年孙镜的父亲孙向戎在街上突然倒下暴毙,当时和他在一起的母亲方玲也承受不住打击而精神失常。失常后的方玲表现出对儿子孙镜离奇的恨意,对此她的主治医王医生一直疑惑不解,曾经多次让孙镜回忆往事想找出原因,但都未果。

王医生陪孙镜向湖另一边的居住区走去,边走边说:"这种仇恨情绪一定是有原因的,那么久都找不出来,我也觉得很奇怪。不过现在她这情绪慢慢地淡了,我就不去特意挑起来了。也许就这样再过几年,恢复到一定程度,你就该把她接出去了。否则另外一些比较严重的疗养病人,会反过来影响她。"

"上次你在电话里说,她现在特别爱说从前的事?"

王医生点头:"对,有时没人听,她也自己在那儿说往事。喏,她就在那。"

顺着王医生的手,孙镜远远看见,在病区小楼前的花坛边,一个穿着白衣白裤,头发雪白的老人,正孤单地坐在椅子上。乍看上去,她的年纪不比王医生轻,实际上她才只五十五岁。

"我今天就是来好好听她讲往事的。"孙镜低声说。

他正要往母亲那儿走,却又想起一件事,回过身来,对王医生说:"如果一个人,因为突然受到惊吓,而没办法回忆起一些事情,该怎么治疗?"

"你要说得详细一点。"

孙镜就把徐徐的情况说了,当然在一些地方进行了改动。王医生只当他是个甲骨学者,可不知道他又是造假又是挖坟的。

"听起来,她曾经经历过的那个场景,给她留下相当负面的精神记忆。你这样一刺激她,结果人心理上的保护机制反而就把那段记忆隔绝起来了。不是很严重的问题,这种情形通常是短期的。如果那个回忆不是非常重要的话,最好就让她这么放着,大多数情况下,时间久了,会慢慢缓过来的。特别是不要吃药,精神类药物总是有副作用的,不值得。"

"噢。"孙镜点点头,"那大概会要多久?"

"快的话几个月,很可能一年以上。"

"如果让她看到类似的场景,或者让她有联想的人,会不会有助于记忆恢复?"

"有这种可能,但是我不建议这么做。她本来就是因为过度刺激而造成了记忆创伤,如果再经受刺激,更有可能的是造成真正严重的精神问题。像她现在这样,还是保守疗法来得妥当。"

"我知道了。"孙镜谢过王医生的建议,向自己的母亲走去。

方玲的对面放着一张空椅子,她正看着这张椅子,嘴里低声念叨着,就好像这张椅子上坐着一个隐形人,正在和她说话。

孙镜走到椅子旁,犹豫了一下,坐了上去。他妈看着他,又像没在看着他,和先前一样喃喃说着。离得近了,孙镜用心去听,还是能听见她在说些什么。

"底楼的张家一天到晚地吵,晚上闹得不让人睡觉。这工人阶级呀,不是说最团结吗?连家里面也不团结,还去团结谁呀。就这样的人啊,说觉悟,这觉悟到底算是个什么东西,他们的觉悟就高了?我们一家搞学问的,觉悟就低了?"

原来却是在说自家的老邻居。孙家的房子自从文革横扫一切牛鬼蛇神的时候,被"革了资产阶级的命",一下子抢进了许多户人家,就成了"七十二家房客"式的混居状态。邻里离得太近了,总有磕磕碰碰的地方。

方玲说话时的目光很专注,专注得令孙镜有些发毛,因为他不知道,她到底看的是什么地方,又看到了些什么。他自嘲地笑笑,实际上,孙镜一直觉得自己母亲的精神太过于脆弱了,和自己是两个极端。

他能理解丈夫的死会给妻子带来沉重打击,但令他觉得方玲的精神简直如玻璃般脆弱的原因是,方玲并不是在孙向戎死后哀伤过度而发疯的。据当时在场的人回忆,孙向戎死之前和方玲牵着手走在外滩江堤上,突然之间就倒了下去。方玲像是傻住一样,呆站了几秒钟,也跟着倒下去。送到医院里,孙向戎已经死亡,而方玲只是晕倒,醒来之后就疯了。仅仅看见丈夫在面前倒下就发了疯,这总让人有些难以理解。

可是今天坐在这里的时候,孙镜却有一种异样的感觉。

当年的情形和小街上韩裳的死及徐徐的恐惧,竟有几分相似。或许他的母亲看到了些什么?

方玲还在叨叨说着,却不知什么时候跳转了另一个话题:"黄浦江有点脏了,那股子腥气一天比一天重。在我们小的时候,学校里上体育课,游泳队考试就是从江的这边游到那边。现在这水是没法游了。"

方玲的世界,几乎全停在了二十年前,所以她说的黄浦江有点脏,也是对八十年代初的回忆。在那之后,黄浦江水从有点脏变成了非常脏,又在大力治理下,重新向有点脏过渡。

这样的回忆,散乱无章,却不是孙镜想听的内容。他想听的,是关于曾祖父的回忆。其实方玲并没有见过孙禹,孙禹死得早,他这一脉全是单传,每一代都死在中年。但她也许会从自己的婆婆——孙禹的儿媳那儿听到些什么。

孙镜九岁的时候失去父母的照顾,奶奶是在他十四岁时死的,曾祖父的事情,奶奶从来没有在他面前提过,也许有些事情不适合对小孩子说。但也难讲得很,孙镜对奶奶最深刻的记忆,就是有一次她很郑重地摸着他的头,叮嘱他不要太早结婚,不要太早生孩子。那时孙镜才只有十三岁。

"记得……更久以前的事吗?奶奶常找你说话,你们处得很不错。"孙镜迟疑着开了口。

方玲目光的焦距有了些变化,仿佛直到现在才发现,在她对面坐了谁。

"你,你是……"在她的记忆里,儿子的形象一直十分幼小,如果不提醒,她未必能意识到坐在对面的年轻人就是自己的儿子。现在她只觉得这个人很熟悉,很熟悉。

"我是……"孙镜有些犹豫,通常他来看自己的母亲,只是在旁边站一会儿,听她说说话,并不去和她相认。因为母亲对自己有着莫名其妙的恨,每次认出来,都会闹得很不愉快。

但方玲终究还是把儿子认了出来,她死死盯着孙镜,目光像是能把人烧化一样,双手用力抓着椅子的把手,胸口很明显地起伏着。

是不是该先离开,去喊医生,孙镜心想。

"你是孙镜,我的儿子,孙镜,我的儿子。"她反复说着,语气先是激烈得就要发作,然后慢慢地缓和下来。

"孙镜,我的儿子……已经这么大了啊。"她重重叹了口气,说,"这是命啊,谁叫我把你生出来了,这是命。"

孙镜忍不住问:"什么命?"

"命,是命。"方玲摇着头,又叹了几口气。你很难和精神病患者进行正常的问答,她始终在自己的世界里,只给外界开了很小很小的通道。

"你刚才说什么?"方玲问儿子。

"我想问奶奶,她常和你说话,你还记得她吗?"

"奶奶……妈。"方玲点点头。

"她提过公公吗?"孙镜不确定该怎么对方玲称呼孙禹。站在奶奶的立场该叫公公,站在母亲方玲的立场该叫太公。

"我太爷爷,孙禹。"他补了一句。

"发烧,神志不清,在床上躺了一个多月呀。这时候才几岁呀,十岁吧。"方玲说。

"九岁。"孙镜说着叹了口气。他九岁的时候生了场重病,就在父亲猝死的那天,像是冥冥中父子之间有着感应一样。可是他问的是孙禹,怎么却扯到了自己身上来。

"头疼得厉害,医生查来查去,什么毛病都查不出来。"方玲自顾自接着说,"躺在床上,睡着了都会说胡话,喊头涨得要破了。"

九岁时这场大病,孙镜今天还记着。那感觉实在太痛苦了,高烧头痛四肢无力,医院去了很多次,吊盐水打抗生素,实际上并没有查出确切的毛病。一直过了一个多月,才渐渐地好起来。但那个时候,母亲方玲已经精神异常进了医院,她是怎么知道的呢,或许是去看她的家人和她说的吧。

"痛得厉害的时候就哭,嗓子一天到晚都是哑的,胡话说得没人能听懂。白天夜里没个安分,折腾啊,有时候抱着头在床上翻,结果有一次没有人看住,从床边上掉了下去。"

这倒是不记得了,孙镜心里想。那段日子究竟是怎么熬过来的,细节上已经淡忘了,只有当时剧烈的头痛留下太深刻的印象。

方玲好像又已经完全进入了对往事的回忆里,叹了口气说:"结果掉下去的时候,额头磕在床头柜没关紧的抽屉上面,眉毛上的那道疤就是这么落下来的。"

这句话就像一道雷,打得孙镜整个人都抖了一下。雷声让他的脑袋轰隆隆地响,一时间什么都听不见了,从椅子上跳起来,盯着母亲。

方玲却一点都没在意,她的眼里此时已经没有了自己的儿子,左手的指尖轻轻抚摸着自己的左眉,像是在那儿有一道疤一样。

她的眉毛上当然没有疤痕,可是孙镜的眉毛上也没有。

那是孙向戎的疤,孙镜的父亲!

她正在回忆自己婆婆对她说的事情,孙向戎小时候的事,一定是孙镜的奶奶告诉方玲的。

原来父亲在小时候也生过这样一场莫明其妙的重病,症状和自己完全一样。在他十岁的时候!孙镜的思维就像闪电一样,在瞬间已经把幽深黑暗的地方完全照亮。

孙向戎出生于1955年,他十岁时,是1965年。孙向戎的父亲、孙镜的爷爷、孙禹的儿子孙协平,就是在这一年死的!猝死!

孙镜从来没有这样信任过自己的直觉,他确定父亲一定和自己一样,在爷爷死的那一天突然患病。回去一查就能查到,必定是这样的。

那么孙协平会不会也生过这样一场病,在孙禹死的时候?

很多时候,想通和想不通,只隔一层薄薄的窗户纸。

孙禹有那块梅丹佐铜牌,就证明他和神秘内心实验有关系。如果他真的是实验者,那么总该获得些特殊的能力,但是孙镜完全不知道曾祖父曾经有过什么异于常人的力量。现在他知道了。

那些神秘的力量仿佛原本就不该被人类掌握,所以任何实验人都不知道会从内心里挖掘出什么样的力量,会带来幸运还是诅咒。甚至有一些力量,并不会立刻显现出来,就像韩裳的先祖威尔顿。他的特异之处仅仅在于,把自己的部分记忆以梦境和幻觉的方式,隔代遗传给韩裳。

那么孙禹呢,为什么自孙禹后,每一代后人都是甲骨专家,并且在极年轻的时候就已经对这门艰深的学问造诣颇深?

孙镜年幼的时候,就对甲骨非常有兴趣。到他十岁出头,竟然把书房里那许多关于甲骨的书籍通读了一遍,神童的赞誉,在那段时间里听得耳朵都起了茧子。现在他第一次对自己学习甲骨文的情况进行反思,蹊跷的地方立刻就冒了出来。

因为九岁的那场大病,之前的记忆变得模模糊糊。他原本想当然地认为,自己一定在很小的时候就开始识字,开始接受家人关于甲骨学的熏陶。所以当他自己一本本把书房里的甲骨学专著拿来看的时候,才会如此轻易就看进去,轻易得仿佛曾经看过一样!

如今回想起来,当他翻看那些书时,常常有灵光闪现,有时他甚至用不着把书看完一遍,就对里面所说的东西非常了解了。

他竟然从来没有对此产生怀疑,那些记忆经过了一个多月的剧烈头痛,和他完美地融合起来了!

是的,现在孙镜明白了,这根本就不是他的记忆。这是他父亲的,他祖父的,归根结底是曾祖父孙禹的。他把自己关于甲骨文的学识,以这样离奇诡异的方式,一代代地传了下来。

为什么奶奶在小时候,会不合时宜地说那些话。因为她知道爷爷是怎么死的,看着父亲成了"神童",又看着父亲死,又看着自己成了"神童"。就算她对于实验的事一点都不知道,也足以在这些事实里发现些什么。

晚点结婚,晚点生子,是因为当孩子长到十岁左右的时候,当爹的就会把自己关于甲骨的学问传给孩子,代价是自己死去。所以一生孩子,就意味着只剩下十年的寿命,也许还不到十年。

这就是方玲对儿子恨意的来源,婆媳之间一定在某个时候谈起过这个话题。在孙向戎死之前,这还能看成捕风捉影的无端猜测,老一辈人未消除的"迷信"思想,但孙向戎一死,方玲的心里,就把儿子看成了导致丈夫死去的直接原因。

连方玲的疯病,恐怕都是因为她在孙向戎死时,和他过于接近。这不是正常的死亡,记忆的传递给受者造成了一个多月死去活来的痛苦,那么近在咫尺的方玲,也一定遭受了某种冲击。

那些关于甲骨的学识这一刻在孙镜的脑海中盘旋起来,二十年前的头痛仿佛在下一刻就要重新降临。他凝望着对面的母亲,想说一句"对不起",却又觉得这三个字不该由自己来说,也不该由父亲来说。

这都是命吗?不,这都是因为那个实验。

小街上已经没有住户,也许就这几天,便会有施工队进驻开始拆房子。到时候,走都没法走了。

孙镜漫步在小街上,他今天特意到这里走一走,因为在这儿,他还能感觉到韩裳最后的气息。

已经查到了父亲孙向戎十岁时得的那场病的具体日期,和祖父的死亡正是同一天。祖父的病历已经无法查证,但通过对他还在世亲友的回忆,十岁时也曾重病,孙禹就是那一年死的。

一切正如他的直觉。

孙镜在韩裳死去的地方站住,地上的痕迹几乎看不见了,她在最后一刻努力想要说些什么的姿态,却就在眼前。

从昨天到今天,韩裳在他心目中的地位,已经从毫无感情的路人,上升到了有着某种联系的同伴。这种联系说不清道不明,但却深刻到即便此时两人阴阳相隔,依然可以感受到冥冥中注视的目光。

曾经孙镜觉得,韩裳在录音里所说的实验,和自己并没有多少关系。以至于拿到了梅丹佐铜牌,也没有心思去调查个究竟。

现在,不一样了。他甚至不用去下什么决心。像母亲说的那样,这是命。

他在小街的尽头回转身,顺着原路慢慢走回去。

一辆三轮车和他交错而过,车上的老式家具很沉重,车夫粗重的喘息声清晰可闻。

孙镜记得自己见过这辆车,就在韩裳死的时候,车夫把车停在一边,挤在人圈里看热闹。看来他经常打这条小路经过。

孙镜突然停下脚步,回头盯着三轮车看。车夫的身子微微前倾,小腿上的腱子肉鼓胀得隔着层裤子都看得见。眼看着三轮车慢慢驶远,孙镜拔脚追了上去。

"嗨,等等,停一停。"

车夫拉动了手刹,车子停了下来。

"啥事啊?"他问孙镜。

"前些日子,这里花盆掉下来砸死了个人,你是不是看见了?"孙镜问话的时候,眼睛却往车上装的旧家具扫了扫。那上面是两张用麻绳绑在一起的红木八仙桌,还有四张椅子,历史不会超过五十年,没什么出奇之处。

车夫是个快到中年的汉子,头发稀少,脑门光亮。他一只脚撑在地上,另一只脚蹬在踏板上,有些疑惑地看着孙镜。

"看见了,怎么啦?"

孙镜摸出支烟递过去,善意地笑着:"耽误不了您几分钟,其实我是个画家,那天也在现场,场面太震撼了,回去之后我就想着,要把这场面画一幅画。这几天我在这条街上来回走了好多回,想尽量把当时的场景真实地还原出来。我记得您那时车上,是拉着东西的,但记不清是什么了。"

车夫笑了,把烟接过去,夹在耳朵后面。他从来没想过自己能给一个画家提供帮助,尽管不是为他画肖像,这让他略有些遗憾。

"那真是太吓人了,我就看了一眼,实在不敢多看。你还要把它画出来啊,要把我也画进去?"

"画个模糊的侧面,您和这辆车。当然车上的东西随便画也不是不行,但恰好在这儿碰见您了,就问一下。"

"好,好,让我想想。那天装的是……是个书柜,这么高这么宽。"他努力给孙镜比画着。

"书柜?"孙镜有些失望,这和他想的不太一样,他努力回想了一下,真的是个书柜吗?

"对,书柜,还有个梳妆台,就这两件东西。"

"梳妆台?"孙镜问,"带着镜子的梳妆台?"

"对啊,梳妆台都带镜子。"

"你是怎么放这两件东西的?"孙镜指着三轮车问,"梳妆台在这一侧?镜子这面朝外?"

"对对。"

"那天你也是像今天这样,从这头往那头骑?"

"是啊。"

孙镜长出了口气:"太谢谢了,你可帮了我一个大忙。"

车夫咧开嘴笑着:"哪里哪里,这不算什么,呵呵。"

他当然不会知道,眼前这个一看就很有艺术家气质的"画家",究竟为什么这样看重他车上驮的旧家具。

那天中午,围绕在小街尽头的重重迷雾,现在终于被剥开了第一重。

按照三轮车行进的大概速度,杂货店老妇人很可能是从车上梳妆台的镜子里看见的"鬼"。而当她女儿也向同一个方向望去时,已经迟了一步,车驶出了视野,所以她看见的是徐徐。

当时镜子所处的具体方位角度已经不可能知道,总之,里面映出的是对面某个地方的情景。徐徐一定就是被对面的"鬼"吓到的,而韩裳突然停下脚步的原因,多半也在于此。

孙镜的目光在小街对面那侧慢慢划过,一段段斑驳的外墙、一扇扇沾染了油烟污渍久未清理的窗户,一面面紧闭的褐色木门……在那个中午的阳光下,仅有几人看到的角落里,发生过怎样摄人心魂的事情?

真相是这个世界上最奢侈的东西,当你下定决心去追逐它,必须学会慎重。小心那些廉价的仿制品。

七、赫定的新战场

这几天来了寒流,气温降得厉害。

坐在沙发上的文贞和缩着脖子,好似办公室里的暖气对他毫无用处。徐徐看他快把脑袋缩进肩膀里,觉得就像只把头努力往壳里藏的王八,还是翻过身肚子朝天的那种。但这场景一点都不让她好笑,而是极其厌恶,只想离得远远的。好吧,要有职业素养,再给他一个见鬼的笑容。

她和孙镜再次拜访文贞和,是抱着万分之一的希望,看看能否让他答应参观库房。孙镜作假颇有学者精神,严谨得很。他可以根据上博的官方仿品挑选头骨当制假的材料,但在亲自观察过真品前,还是不敢贸然下手仿制。虽然借欧阳老先生庆寿慈善展览的机会,可以见到真品,但一来展览不会持续很长时间,而作假也需要一个周期,未必能在此期间完成;二来就算能完成,展览也一定到了末期,留给他们掉包的时间不够充裕,可能会错过最好的下手机会;三来徐徐迄今为止,都还没把欧阳文澜完全搞定呢。

当然,虽然主要目的是这个,在整个谈话的过程里,大部分时间是在向文贞和请教,专门的甲骨博物馆该怎么办,有哪些需要注意的事情,又该如何经营管理。这些显然是未来的馆长该考虑的主要内容,文贞和谈得滔滔不绝眉飞色舞。

然而,等到两人都觉着轿子抬得差不多了,交流过眼神,再次试探参观的事,却还是被挡了回来。

好吧,本来就是万分之一的希望。

但还是让人沮丧。

孙镜喝了一肚子茶,告辞之前去了次厕所,回来的时候文贞和唯一的下属小陈正好从办公室出来,点点头打了个招呼。

这小陈的脸色今天一直差得很,不知有什么心事,勉强冲孙镜笑了笑。快要错身而过的时候,却停下脚步,问:"我从晚报上看到那个新闻了,孙老师,你们是打算请文主任当馆长?"

"徐小姐好像有这个打算,我也不是很清楚。"孙镜含糊着,"怎么?"

"噢……没,没什么,有点好奇。"他又挤了个笑容给孙镜,抱着手里的文件离开了。

也许他想换个环境?孙镜没有多想,反正这个所谓的私立甲骨博物馆,只是座空中楼阁。

"下午你去复兴路?"从上博出来后,孙镜问徐徐。

徐徐点头,她天天下午都去那儿,有时老先生还会留她吃晚饭。

"他到底现在什么态度?"

"我提了几次,看得出来,肯定是动心的。大概是在犹豫真办起来事务太繁琐。我不好那么快就说一切我包办,等过两天火候差不多了,我认他一个干爷爷,再提这事情,准能成。"

"辈分乱了,他能做你曾爷爷。"

"没听说过认干曾爷爷的,以后记得叫我姨哦。"徐徐笑着横了孙镜一眼,已经把在文贞和那儿受的气扔到脑后。

"阿姨。"孙镜若无其事地说。

"嗯。"徐徐美美应了一声,忽然想想不对,孙镜可过了年就三十岁了。气得伸出手拧他胳膊。

孙镜把她的手捏在掌中,徐徐也不挣脱,却用指甲狠狠刺他。

"下午我也会去一次。"孙镜说。

"你去干吗?"

"问些事情,我自己的事。"

"你曾祖父的事?"

孙镜点点头:"也是我自己的。"

"我能听不?"

"随便。"孙镜沉默了一会儿,回答。

徐徐把手抽出来,她已经用力刺了孙镜很久。她悻悻地瞧了眼自己的指甲,然后一把抓起孙镜的手。

"你是死人啊,掐破了也不叫。"

"男人总是不太擅于叫的。"孙镜说。

徐徐啐了他一口,低头在包里翻找创可贴。

孙镜看着她,轻轻笑了笑。

到欧阳家时,门恰巧开着。路边停着一辆刷着"临水轩"字样的小面包车,看名字有点像餐馆。司机正捧着一个很精致的青花瓷坛,递给开门的阿宝。

"约了找老爷子的。"孙镜对阿宝笑笑。

阿宝抱着小瓷坛，呵呵笑着，说："对的，对的，来吧。"

他把孙镜让进来，想起门还没有关上，把瓷坛往孙镜怀里一放，自己把门关上，再将小坛子抱回去。

"好吃的东西。"他见孙镜打量这坛子，笑得嘴角翘起来，显然对里面装着的东西爱吃极了。

莫非是韩国泡菜？孙镜看见阿宝毫无心眼的憨厚模样，有些好笑地想。

今日天气寒冷，虽然是午后，老先生也不会像上次一样悠闲地在葡萄架下煮水饮茶。阿宝把孙镜引进了洋楼，楼里温暖如春，似乎用的是地暖。这楼虽然看似古旧，实际上内里全都重新翻修过了。

顺着转角楼梯拾级而上，旁边有景窗，每一扇都隔成六小块玻璃，简单大方。外面是半推开着的木百叶窗，刷着多年前的红漆。一楼半转角的地方有个小平台，平台上有可以推门而出的阳台。阳台很小，通常不会有人真的站进去。但这样一处空间，却把外面花园的气息接引进来，就像半山腰的亭子被称为"吞纳云气之所"，都有着东方建筑美学的精神。虽然这总的来说，是幢欧式风格的建筑。

二楼向南的大房间里铺了厚厚的长绒羊毛地毯，脱了鞋踩在上面，柔软温暖得让人想躺倒在里面。

徐徐也在，屋里热得像在晚春初夏时节，她只穿了件单薄的米色T恤，半低的领口饰了一圈珠贝，诱惑得让人想将眼神停留在那里。孙镜进屋的时候，她正伸手扶着欧阳文澜，站在一对黄花梨多宝槅前。

多宝槅上的格子有大有小，或凸或凹，错落有致。这种家具样式单只中国有，专门用来陈列玩赏物品。这对多宝槅每个都有二十格，陈放着的东西一眼看去，有几尊小巧的青铜器皿、牙雕木雕，还有些青花或粉彩的瓷碟瓷瓶，但最多的，是用小支架斜撑着的木匣子。

木匣的盖子是透明玻璃，内里有白色的衬底，盛放着些褐色、灰白色或黄白色的甲骨。

欧阳文澜正指着其中一个匣子，对徐徐说："这块甲是有来历的，说的是一次对先商诸王的祭祀。你来看这里，'祖乙，祖辛，祖丁，牛一，羊一，南庚，羌甲'，这个是国维先生的解释。但沫若先生说不对，王先生错了，牛一羊一这个祭品，怎么放在了先王名字的中间呢，没有这个顺序呀，顺序解错了，有的字也解错了。实际上呢，是'祖乙，祖辛，祖丁，象（该字应为'喿'）甲，一羊，一南'，一羊一南都说的是祭品。沫若先生的这则补释，是很有名的，这事就让他立住了甲骨大学问家的地位，当然，还有他对阳甲的考证。"

"可是这'一南'算是什么祭品？"徐徐刚问了这句，阿宝就引了孙镜进屋。

"送来啦，送来啦。"阿宝说。

欧阳文澜却没有理阿宝，对孙镜点头一笑，说："这个'一羊一南'里的'南'，小孙你来说说看。"

这就带着点考教小辈的意思了。

不过孙镜带着先祖的记忆，再加上这十多年来自己对甲骨文的学习，面对这样的问题，就像是博士生做初中生的考卷。

孙镜走到两人身边，回答道："沫若先生的解释，南是商时的一种乐器，从字形的演变上看，似钟似铃。不过并没有确实的考古实物佐证,还只能算是推想。"

欧阳文澜微笑点头。

"这是什么呀?"徐徐看着把瓷坛抱得紧紧的阿宝,说。

看样子她和欧阳文澜的关系,确实离认干爷爷的程度不远了。她可不是会贸然问出这样有失客人礼数话的人。

"你去盛三个小碟来。"欧阳文澜对阿宝说,"你要吃的话,也盛一小碟吧。"

"好啊好啊。"阿宝像个小孩一样雀跃着出去了。

"我这个人,爱吃的毛病老了还是一样,等会儿你们尝尝看。就当是下午茶的小点。"欧阳文澜说。

"您的年纪,日常里还有这样的情趣在,可真是太不容易了。"孙镜这话并不是恭维,快百岁的人了,要享受生活既得有条件又要有心情,没有几个人能做得到。

"坐吧。"

分别落座,徐徐紧挨着欧阳文澜,坐在孙镜的斜对面,还细心地多拿了个靠垫,塞在欧阳文澜的腰后。沙发上本就趴着一只虎皮条纹的肥猫,抬起头瞧了几眼,又重新趴了回去,欧阳文澜轻轻抚着它的颈子,它眯起眼睛,很是舒服的模样。至于上次见过的那几只猫,却不见踪影,不知躲在哪里玩耍。

先客套性地闲聊了几句,还没进入正题,阿宝就托了个木盘过来。盘上是三个极小的白瓷碟,如果不用木盘盛着,阿宝摊开他的大手,在掌上一溜也尽能放得下。小碟里装的是褐色膏状物,卖相不怎么样,但看这架势,总该是很美味的食物。这估计就是刚才临水轩送来的瓷坛中装着的东西了。

"尝尝看。"欧阳文澜招呼他们。

孙镜拿着小银勺子,面前褐膏总共也就一勺多些的样子,他浅浅盛了一些,送进嘴里。

褐膏一触舌头就化了开来,异常鲜美的味道从舌尖一路蔓延下去,让孙镜下意识地屏住呼吸,想让这从没尝到过的绝妙滋味多保留片刻。

这滋味仿佛把舌头上的每个味蕾都调动了起来,从舌尖到中部到舌根,不同地方的品味略有不同,就像是由不同音部组成的完美和声,让整个人都微醺起来。

只是孙镜这一勺盛得实在太少,滋味没保持多久,就消散得只留下些许余韵,同时涌起的是巨大的不满足感。他又盛了半勺,送进嘴里。

只片刻,小碟就空了,看看徐徐,甚至吃得比他更快些。

"这是什么,这么好吃?"徐徐伸出舌尖在唇上抹了一圈,问欧阳文澜。其实她更想把小碟舔上一遍,但那未免太难看了。

"是云南的美食,用一种在当地也很少见的野菌做主要材料,配料也很难找。我专门请了人搜罗食材,再找了会做的大师傅订制的。那种野菌太罕见,我一年也只能做出两坛子来。所以呢,不要怪我给得少,太小气啊。"

欧阳文澜呵呵笑着,用手指把面前碟中剩下的最后一点蘸了蘸,送到肥猫的嘴前。

那猫好像从未吃过,嗅了嗅,仿佛在犹豫要不要尝尝。欧阳文澜却不等它决定,立刻把手缩了回去,像个孩子般送进嘴里一吮。

肥猫突地站了起来,转着脑袋盯着老人,大叫一声,跳下沙发跑了出去。

"这猫儿好大的脾气。"徐徐说。

欧阳文澜中气十足地大声笑了起来,显然对自己的恶作剧相当满意。

大概正是这样的心态,才能让他如此健康长寿吧。孙镜心想。

欧阳文澜笑罢,摇了摇铜铃,把阿宝叫进来收去碟勺,摆上茶水。不过孙镜和徐徐一时之间都不打算喝茶,免得把那美妙滋味还留在舌尖上头的一小截尾巴冲掉了。

欧阳文澜却没有这样的得失心,浅抿了口茶,对孙镜说:"你今天来,还是想问怀修的事吗?"

人活到这样年纪,只要头脑还清楚,那眼力见识可不是年轻人比得上的。孙镜也不隐瞒,点头承认。

"我看你年纪虽然小,做人是有分寸的,不会对我这个快进棺材的老头子胡搅蛮缠。"欧阳文澜看着孙镜,缓缓说道,"你今天又过来问我,大概是知道了些什么吧?"

孙镜点头。

欧阳文澜长长嘘了口气,身体陷进沙发里,转头望向窗外,怔怔地出了好一会儿神。旁边的两人都知道,老人此时肯定想起了当年的旧事——那些原本打算永远埋在心里直到死去的秘密,谁都没去打扰他,直到他重新把注意力集中在孙镜身上。

"那么就先听你说说看,你都知道了些什么。时间那么久了,也许你能帮我回忆起些事情来。"

孙镜既然来到这里,就做好了和盘托出的准备。只有待人以诚,才可能得到别人的秘密,何况欧阳文澜近百年的人生阅历,可不是好糊弄的。就连骗取巫师头骨的计划里,欧阳文澜这一环上也是阳谋,一方得名一方得利,各取所需。

"这故事还挺复杂。徐小姐你听过就算了,可别往外传。"

"你放心吧。"徐徐撇了撇嘴,虽然她知道这话基本上是说给欧阳文澜听的。

欧阳文澜微微一笑,没说什么。

"我要说的这些,大多数人听了估计都不会相信。我曾祖父死得早,不知道您是否还了解我们家之后的情况。不仅我的曾祖父,我的祖父和我父亲,死得也非常早……"

孙镜用平静的语调,把自孙禹开始,连着数代人的甲骨学记忆传承和与之相伴的不幸事件说了出来。

徐徐原本听过韩裳的录音,对神秘现象有些心理准备,但发生在孙家四代人身上的离奇事情依然让她大吃一惊。她望着孙镜的目光变得有些复杂,但终究还是一言未发,老老实实地当个旁观者。

欧阳文澜的白眉毛也抖动了好几次,叹息着说:"竟然发生这样的事,原来怀修……"

他摇摇头,没有接着往下说,却问孙镜:"听你的意思,好像把这一切的源头都归到了怀修的身上。你确定在怀修之前没发生过类似的事吗,或者……你知道的可比我想象里多啊。"

果然还是不可能瞒过去,孙镜在心里想着。

"您还记得韩裳吧。"孙镜遂把韩裳在录音中说的那些大概转述了一遍,不过却没讲这是得自录音,而只说是韩裳自己告诉他的。否则牵扯到对韩裳死因的怀疑,不仅复杂化,且和今天的主题并无关系。

孙镜尽量往简单里说,但韩裳的录音自述足有几个小时,事情的前因后果再简化也是复杂的。等说完的时候,只觉得口干舌燥,端起装着普洱茶的小杯一饮而尽。

欧阳文澜长叹一声,说:"事情的原委居然是这样,听你一说,我心里一些不太明白的地方,也就通了。既然这样,我就把我所知道的一些事情告诉你。这事情还要从巫师头骨说起,我所有捐献给国家的古物里,就数这件最为珍贵,可实际上……"

说到这里,欧阳文澜顿了顿,轻轻摇头,说:"实际上这件东西,并不能算是我的。"

他说到这里的时候,孙镜正把第二杯茶吞进喉咙,发不出声音,徐徐却忍不住开口问:"不是都说这件东西是您从斯文·赫定手里买下来的吗,怎么会不是您的呢?"

"我是河南安阳人……"欧阳文澜开始述说半个多世纪前的那些往事。

欧阳文澜出生在安阳的大户人家,按照解放后的成分划分,是大地主。不单如此,家里1916年还在上海开了火柴厂,家境非常富裕。

自从安阳发现了甲骨之后,附近许多农民都因为挖甲骨发了小财,有些索性转行当了古董贩子。欧阳家当然不会去做这些有失体面的生意,但安阳成了甲骨文化的中心,风气之下,家中的一些人也对收藏甲骨有了兴趣,其中最狂热的,就是欧阳文澜。

欧阳文澜十几岁的时候,就四处从农民手里收集甲骨。要是有大收藏家或者研究甲骨的学者来安阳,只要知道了,就跑去跟在人家屁股后面,看能学到些什么东西。

从1928年开始,历史语言研究所组队在安阳殷墟进行官方发掘,欧阳文澜一得空,就往发掘现场跑。只是他年纪还不到二十,也没在新式的学堂里接受西式教育,所以爱搭理他的人不多。孙禹在1929年加入考古队,是当时队里最年轻的队员,大不了欧阳文澜几岁,在欧阳刻意接近下,两个人的关系很快拉近了。

巫师头骨的出土,就是在1929年。最初农民挖到了这东西,也知道不是凡品,要了个高价。考古队一面赶去维护出土现场,由官方接手下一步挖掘,一面让孙禹去找那农民,把他手上的东西买下来。只是那人开价太高,考古队本身经费有限,双方没谈拢。等孙禹回头重新申请到经费再回来,巫师头骨却已经被个外国人买走,那人就是斯文·赫定。

斯文·赫定对这件甲骨非常喜爱,说什么都不肯再转卖给考古队。他并不缺钱,又是洋背景,哪怕对官方的考古队也不买账。所以最后,考古队只能拍了些头骨的照片,做了个模子做研究用。

可是孙禹却极不甘心,自己多方联络有实力的国内收藏者,想要从斯文·赫定的手里把这件国宝再买回来。这其中的大力支持者,就有欧阳文澜。孙禹和斯文·赫定通了很多次书信,一次比一次开的价格高。赫定的回信都很客气,有时还会求教些甲骨方面的问题,但对于头骨的转让,却始终不松口。

一直到1934年,那时欧阳文澜已经因为大量收藏甲骨,成了个小有名气的甲骨收藏家,住在上海。某天他收到孙禹的来信,信上说几天后就要来上海,想见一面。

欧阳文澜专程去火车站接孙禹,让他意想不到的是,孙禹居然已经买下了幢不错的房子,就是孙镜现在住的那幢。欧阳文澜心里有些奇怪,看来孙禹的经济情况比他想象中好得多。

不过还有比洋楼更让他吃惊的事。孙禹就在这幢楼的一间房间里,当着他的面打开了随身的大箱子,捧出了巫师头骨。

欧阳文澜惊讶得张着嘴说不出话来,孙禹却并没有多少愉快的神情,反倒苦笑一声,把自己得到这件国宝的经过说了出来。

斯文·赫定此次来中国已经待了七年,预计最多到明年,即1935年就会离开。而他手上的这件巫师头骨,在甲骨界实在太有名,众目睽睽之下,他不可能带出中国,所以只好送给了孙禹。

当然不是白送,而是有条件的。很复杂,并且是不可思议的条件。

斯文·赫定要求孙禹参与到一项"必将对人类影响深远"的计划中去,在孙禹并不清晰的描述里,这个计划给欧阳文澜的感觉是一个半是神秘半是荒谬的怪物。与严谨的科学没有关系,反而像个有着狂热信仰的新兴宗教。

面对真实的世界,人的想象力和接受力总是显得那么贫瘠。恐怕连这个神秘实验的缔造者弗洛伊德本人,都想象不到那扇被他开启的门里会跑出什么样的怪物。据欧阳文澜当时和孙禹谈话时的感觉,孙禹对这个计划也疑虑重重,并不太相信赫定所谓的"对人类影响深远"云云。但作为一个甲骨学者,他深知巫师头骨的价值,以此为代价换取国宝留在中国,他是愿意的。更何况赫定还为计划的参与者提供一定的生活补助。

斯文·赫定想知道巫师头骨这件数千年前的巫术法器是否会对内心实验起到作用,所以他把头骨交给孙禹,是用作实验道具的。然而就像他自己没办法把这件许多人盯着的国宝堂而皇之地带出国一样,孙禹这样一个清贫的年轻甲骨学者也不可能有钱买下巫师头骨。所以就需要一个明面上的出资收藏人,这个人不需要真的出钱,在某些时候,也可以把头骨展示给亲朋好友看,但大多数时候,这件实验道具是在孙禹和其他参与者手上的。

这是个对双方有利的条件,孙禹和其他一些人得以藏在暗处进行实验,而欧阳文澜则会因为从斯文·赫定手中买下国宝而在收藏界获得声誉。

欧阳文澜很想从孙禹的口中知道更详细的情况,然而孙禹已经在赫定的面前,以祖先的名义发下誓言保守秘密。如果不是需要欧阳文澜充当表面上的头骨持有人,他连这些都不会说。近五十年出生的中国人,很难理解祖先在往昔的中国人心里,有着多么崇高的位置。那曾是绝大多数国人信仰所在,从这点上说,赫定对中国相当了解。

"七十多年了啊。"欧阳文澜感叹着说,"我才知道,这是一个什么样的实验。呵呵,七十多年前我还不知道弗洛伊德是谁呢。"

随着欧阳文澜的讲述,在孙镜和徐徐的心里,当年斯文·赫定所做的决定,也一点点轮廓清晰。

像赫定这样一个极具传奇色彩的大冒险家,肯定神通广大,要说绝没有办法把巫师头骨带出中国,孙镜是不太相信的。只是一来这的确有些麻烦;二来真的这么做,必然对他原本良好的声誉有严重影响。最重要的是,他有了个很好的替代方案。

赫定之所以看重巫师头骨，恐怕主要是因为这件东西对神秘内心实验的作用。至于这个作用是他的推测，还是真的有所觉察，就不得而知了。

中国这个古老的国家在西方人心目中向来是神秘的，而代表巫术文化的商代甲骨出土，或许让斯文·赫定觉得，黄皮肤黑头发的中国人血脉里，天生就有神秘的力量。如果巫师头骨会对实验产生重要作用，那么参与者就该多一些中国人。既然很难把头骨带到西方，那索性在中国重新建立一个实验组，以和欧洲实验者们略有区别、融和了甲骨巫术的新仪式进行实验，两组之间进行对照，这才是更科学的实验方式。

孙镜向来不惮以更凉薄的心思去揣测别人，所以他觉得也许在中国另组实验别有一层用心。从他所知道的有限几个欧洲实验者的结果看，都造成了相当负面的影响。如果不知道这是实验引起的，别人还当是偶然的不幸事件，万一曝光，必定舆论哗然。所以要想把实验推进下去，扩大实验范围，已经开始讲求民主和人权的欧洲就不能算最合适的土壤。而中国虽然套了顶文明古国的帽子，在彼时欧洲人的心目中，还是黑暗和野蛮的偏僻地带，和欧洲主流社会隔绝，在中国用中国人做实验，出了什么差错都没有关系。

无论出于何等用心，斯文·赫定着手在中国开辟神秘内心实验的第二战场。在这之前他必然和身在欧洲的主持者弗洛伊德交换过意见，敲定各个细节，而后开始物色合适的中国实验者。

这些参与实验的中国人恐怕多数是为了钱，像孙禹这样为了所谓"国宝回归"或其他什么理由的，应该是极少数。到底有多少人，几个几十个还是几百个，谁都不知道。唯一可以推测出的，是主要的实验者及他们的聚会地点,肯定在上海。

欧阳文澜向孙禹承诺永远保守这个自己也仅一知半解的秘密,然后他在名义上获得了巫师头骨,还专门办了一个短期的小型甲骨展,在收藏界声名大噪。孙禹则举家迁到上海,住进了那幢小洋楼。

在接下来的一年里,斯文·赫定数次来到上海,但他和孙禹的行踪在欧阳文澜看来始终显得有些诡秘。心里有了这疙瘩,欧阳文澜和孙禹的关系逐渐疏远。

直到1942年,有一天他得知孙禹突然暴死,赶去参加了落葬仪式,还见到了孙禹留下的孤儿寡母。此后他对孙家偶有接济,但终究是越来越淡,最后断了联系。

而巫师头骨在孙禹死后也不知去向,以至于接下来的很多年里,如有亲友想看这件甲骨,欧阳文澜都只能用各种理由搪塞过去。

"不知去向?"孙镜当然知道后来必定还有故事,可欧阳文澜说到这里的时候,像是有言而未尽之处。

欧阳文澜摇摇头:"老实说,怀修参与的这个事情,我是有些怕的。那个时候我就觉得,好好的一个人,突然死了,也说不出什么毛病,多半和这事情有关系。现在看来,他不就是因为这死的吗。巫师头骨没了就没了,我可不想沾上那些,怀修前车之鉴放着呢。"

"就这么过了二十多年,我再次见到巫师头骨,是在六九年了。"欧阳文澜的声音一下子低沉下来。

"有几个人找到我,带着巫师头骨。他们不是把头骨还给我,而是想把东西捐出去,捐给政府。名义上这东西还是我收藏着,所以要捐当然得我去捐。我那时本来就不断在捐东西,我的成分这么不好,'文革'的时候日子很难过,多捐一点就多宽松一点。而且本来这东西就不能算是我的,捐就捐了。"

欧阳文澜这一节说得非常含糊,再次得到巫师头骨的过程一两句话就带了过去。他也知道孙镜会有疑问,抱歉地笑笑,说:"那并不是多愉快的会面,我就不回忆了。总之那一次,我是真正知道了,这世界上的确有难以解释的事情。至少在马克思主义唯物世界观里,是没办法解释的。"

欧阳文澜所知道的,就只是这些。严格说来,从他这儿得知的,远远不如韩裳在录音里透露的内幕多。但两者综合起来,却让孙镜大概知道了曾祖父被卷入实验的前因后果。

巫师头骨上,隐藏着甲骨学之外的重要秘密,而韩裳的死,会不会和这有关?可是如果巫师头骨真的能引导出人内心中的神秘力量,为什么它在1969年又被送回了欧阳文澜的手里,再捐给了国家?哪怕巫师头骨并没有神秘力量,或者这种力量被消耗完了,它也是一件极有价值的古董,这样轻易地交还,背后必定有一个故事。

欧阳文澜所说的不愉快回忆具体是什么,其实并不重要。或被威胁,或受折辱。他一定从来的那几人身上,见识到了不可想象的超自然力量,而拥有这种力量的人,难免会产生居高临下的超人心态。从心理学上讲这是再自然不过的结果,哦是的,心理学,弗洛伊德……

看起来这个中国实验组的实验获得了一些成果,也许是比欧洲那些人更成功的成果。欧阳文澜遭遇的不快,意味着至少有一个人能控制降临在自己身上的神秘力量。而弗洛伊德亲自主持的实验者里,那些力量却是无可捉摸无法控制的,比如茨威格,比如威尔顿。当然,孙禹也是。

"其实,我应该谢谢你。"欧阳文澜忽然说。

"哦,为什么?"

"这么多年来,我一直在想,我所见过的那些神秘力量来自何方。年纪越大的人,就越怕死,怕死后的虚无。可是科学越昌明,好像就越把人心底里的那些希望磨灭掉。你和我说的这些,弗洛伊德在那么多年之前做的那些事情,可以让我试着去相信,真的有一种肉体凡躯之外的力量,也许是凌驾一切的意志,也许是……神国。在尘归尘土归土之后,一切还并没有终结呢。"

"是嘛……"孙镜回应着,其实他并没有理解清楚老人的意思。

是自己离死亡还不够近吗?他心里想。

"这种恐惧,你大概是很难体会的。"老人还在继续感慨着,"近二十年来,我把甲骨学的研究方向,放在了殷商时期的各种巫术仪式上,就是这个道理。比如在商王阳甲时期,就有一种趋吉化凶的巫术,需要……"

其实孙镜的心思,还徘徊在巫师头骨、神秘实验和韩裳的死之间,并没有很认真听老人的殷商巫术研究。但欧阳文澜像是不再愿意重回先前的话题,对自己的研究谈兴极浓,一路说了下去。作为客人,总不好一直分神,孙镜把注意力扭转过来,听了一会儿,却惊讶起来。

商朝是一个巫术盛行的时代,大到发动战争、粮食收成,小到日常衣食住行,都需进行问卜和祭祀。天地鬼神和祖先亡灵的力量深入人心,有各种各样的巫术仪式来祈求这些存在的帮助。然而因为新中国成立以来大力破除迷信,意识形态也趋于一元化。学者们在研究甲骨时,多是透过巫术记载来看商时的社会民生。对巫术仪式本身,哪怕是宗教学方面的研究,也是极少的。

而欧阳文澜在这些年里专注于此,根据大量甲骨上的记载来还原商时巫术,其中还涉及一些文字的重新释义,在这个领域里有许多开创性的见解,甚至已经形成了一套自己的东西。孙镜尽管有些地方不完全同意,但也着实对老人刮目相看。收藏家里,能扎扎实实做学问的人其实非常少,所以在学术方面,原本孙镜是对那些收藏家们的水平颇不以为然的。

也许是巫师头骨给欧阳文澜留下太过深刻的印记,他的巫术研究大多也是围绕着巫师头骨的。譬如历来有哪些祭祀问卜会用到巫师头骨,头骨发挥的作用是什么,等等。

"这几年来,我倒是把重心放在了商王祈寿的巫术上,人老了越来越怕死,有时候我也想,把这些程序搞清楚了,不管有没有用自己也试试,其实也就是个心理安慰。年纪大了,这个心理安慰也是挺重要的,哈哈。"欧阳文澜自嘲地笑笑。

"啊,我还真想见见商代的巫术是什么样的呢。"徐徐说,"真的可以延长寿命吗?下个月您九十五岁大寿,就在那时候搞一场吧?"

"哦?"欧阳文澜沉吟着。

孙镜向徐徐投去一个赞赏的目光。徐徐脸上的笑容更甜了,说:"要搞就得照着甲骨上的记载尽量复原,巫师头骨绝对是少不了的,说不定它真有神秘的力量呢。"

"这样啊……"欧阳文澜犹豫着。

孙镜摸着玉戒,脸上露出微笑。

"正好趁办您个人甲骨展的时候,把巫师头骨借回来,再延个三五十年寿命。"徐徐抓着欧阳文澜的手臂,轻轻摇了摇,满脸的关切。

"再活三五十年,这不成老怪物了,怎么可能。"欧阳文澜哈哈大笑。

"这可难说,"孙镜趁热打铁,"您知道,照太戊在位七十五年算,他至少活了一百一二十岁①,商汤和阳甲也都该活到了一百岁。以那个时候的医疗水平,都能活到这岁数,没准这个祈寿,还真有门道呢。"

"爷爷?"徐徐看着欧阳文澜,眼睛在三秒钟里眨了两下。

欧阳文澜伸手捏捏徐徐的脸颊,说:"好吧,要你帮忙的时候,别叫累。"

徐徐握住欧阳干瘦的手,轻轻从自己脸上推开。

"痛呢。"她笑着说。

了解发生过的事,可以为未来的路做指引。但如果是在黑夜里行走,些许路灯的光芒,却更显出前路的黑暗。已经在路上的人,注定无处可逃。

---

① 太戊在位七十五年,在他之前的两位商王,雍己在位十二年,小甲在位三十六年,雍己和小甲都是太戊的哥哥。

八、不祥的预兆

孙镜把两个装得满满的大垃圾袋扔进弄堂的垃圾箱。

"你这是要搬家呀?"旁边裁缝店的老王头问他。

"就是收拾收拾屋子。"孙镜朝他笑笑。

这两天他清理出的废旧破烂,足够堆满一整个大垃圾箱。那么多年来,这是他头一次认真清理家里的东西,每一扇门、每一个抽屉、每一个箱子,全都翻了个底朝天。

他很快就能够接触到巫师头骨,也许他会和斯文·赫定一样,感觉到头骨中的神秘力量;也许他什么都不会发现。从 1934 年到 1969 年这三十五年间,围绕着头骨到底发生过什么事情,孙镜现在所有的兴趣都在于此,至于原先的重点,比如怎么把它运出国外,在拍卖会上可以拍到多少万欧元,已经抛在脑后了。

徐徐的精力全都投入到欧阳文澜甲骨个展的筹备上去了。他的生日就在下个月,在这之前要和各个博物馆打交道商借展品,时间非常紧,徐徐忙得像只不停挨鞭子的陀螺。在这方面孙镜不方便过多出面,所以比搭档悠闲得多。他期盼着亲眼见到头骨的那一刻,却又不愿意把时间都放在等待上。

自己住的这幢老房子里,会不会有曾祖父当年留下的线索呢?像威尔顿留给后人的那个笔记本之类的东西。孙镜这样琢磨着,开始了一次庞大的彻底的清理工程。

两天以来,他发现了许多藏在记忆深处、几乎被忘却的东西。比如拨浪鼓、铁青蛙、几张粮票、一盒各种质地的领袖像章、两根拧在一起的麻绳——那是自制的跳绳。还有一些他从未见过的东西,像情书——父亲写给母亲的,以及祖父写给祖母的,它们竟然被捆在一起;一个锈住的八音盒;两块塞在箱底,用报纸包着的残缺龟甲,孙镜辨认了一下,似乎曾经在《铁云藏龟》①里看到过,不知什么时候落到了父亲、祖父或者曾祖父的手里。

一件件旧物出现在眼前,它们所代表的那些年代的背影也开始在这幢老房子里若隐若现。看着这些东西,总归会有些感慨,可这却不是孙镜最想要的收获。

扔了垃圾,他轻轻拍着手。已经差不多整理完了,也许自己该把书房里年代最久的那些书翻一遍,说不定在某一页上会记着些什么呢。

当然,他想要的东西可能藏在那些不再属于自家的房间里,可能在多年前已经被邻居随手扔掉,更可能曾祖父严格遵守了他向祖先发下的誓言,什么都没有留下。

回到自家楼下,孙镜打开信箱。拿开塞进来的卫星安装广告,下面有封信。

一封不是寄给他的信。没有署名。

---

① 《铁云藏龟》是第一本甲骨著录。1903年刘鹗从自己收藏的五千余片甲骨中精选出一千零五十八片,编成《铁云藏龟》六册。刘鹗字铁云,也是《老残游记》的作者,1909年病死后所藏甲骨多被人收购,流落四方。

信封上写着"孙镜先生转徐荫女士收"。字是打印在小白条上再贴上去的。

徐荫即徐徐。这是此次巫师头骨计划里,她对外宣称的假名字。

孙镜捏了捏信封。很薄,里面应该除了信纸没有其他东西。正准备拆开,手机响了。

"你在哪里?"电话里徐徐没好气地问。

孙镜笑了笑,把电话摁掉,走上楼去。

"我在这里。"他走到一楼半,抬头对站在二楼他门前的徐徐说。

虽然现在具体的事务都是徐徐在做,但是孙镜需要了解掌握整个计划的进展,电话里讲不清楚,得定期当面交流,就像是开工作会议。

"附近随便找个地方吃吧,我已经累垮饿扁没力气了。"徐徐没样子地往墙上一靠,说。

"好,我换件外套。"孙镜拿钥匙开门,看了看徐徐,说,"你这样子就像只累瘫的小狗,就差把舌头吐出来了。"

徐徐立刻伸了半截舌头出来,身体贴在墙上,像被打飞到墙壁上的卡通人物。注意到孙镜的眼神,她很快把舌头缩了回去。

"这走廊上的墙就和青铜器一样。"孙镜并没有立刻进屋,而是饶有兴致地看着徐徐的造型说。

"什么?"徐徐不明白。

"我是说,你很难想象它原本的颜色是什么。"

"呀!"徐徐叫起来,向前猛一跳,孙镜一伸胳膊,就把她接到了。徐徐僵了一下,她想自己该挣开,但孙镜的手很热,而她本来就没力气。

孙镜看着徐徐的眼睛,侧过脸去吻她。

"你这个王八蛋。"徐徐用手推着孙镜的胸膛,轻声地说,"上次我就告诉过你,你没机会了。"

"你这个骗子。"孙镜搂着她的腰说。

"累垮饿扁没力气了。"嘟囔完这句话,徐徐的肚子"咕"地叫了一声,比她说话的声音还响,连孙镜的肚子都感觉到震动了。

"谁让你那么爱在上面。出去吃饭?"孙镜说着伸手在徐徐屁股上拍了一下。

徐徐从孙镜身上翻下来,躺在旁边,扯了一角被子盖在肚子上,说:"先躺一会儿。"

孙镜听着耳畔轻柔的呼吸,一时以为她大概睡着了。不过片刻之后,听见她用自言自语的口气说:"要是欧阳文澜知道我一直在骗他,会不会很难过。"

停了一会儿,她又说:"他总会知道的。"

"你在忏悔吗? 好吧,你可以把我当成神父。"孙镜说。

"把别人骗得团团转的时候,我总是很满足。不过有的时候,我会想,当他们发现这一切不是真的时候,还是挺残酷的。"

"你开始有负罪感了。"

"偶尔。"几个呼吸之后,徐徐说。

"任何一个真正的老千,迟早都会面对这个问题。看清楚这个世界是什么样的,看清楚自己在做什么,然后解决它。"

"怎么解决?"徐徐问。

"洗手不干,或者坚定地干下去。"

"听起来和解决不了没什么两样。"

"所以重要的是前面。大多数人一辈子都两眼模糊,但我们这行干的就是琢磨人心的活,有天赋的人很早就会看见这道关口。"

"把你的说给我听听。"

"世界在每个人眼里都不一样。"孙镜说。

但是过了一会儿,他又开口说:"如果你觉得自己对别人产生了伤害,那么负罪感就会产生。"

"难道不是吗?"

"食品厂的工人把一堆添加剂放进食物的时候,建筑工用劣质水泥和铁管造房子的时候,饲养员用化合饲料喂鱼喂猪的时候,炼钢厂印刷厂工人努力工作把废水废气排入河水或天空的时候,他们会不会觉得对别人产生伤害?"

"但并不都是这样的。"

"司机按喇叭会给人造成心理压力,压力累积就会有创伤;路口闯红灯的人拥有许多追随者,其中的倒霉蛋有朝一日会死在因此产生的交通事故里;看见小偷偷窃的时候大喊一声或许会让失主挨刀。任何举动都有可能带来伤害,我想说的是,伤害是常态,它总在发生。"

徐徐想着孙镜的话,嘴里淡淡地应了一声。

"人总是看不清自己。其实看清自己的欲望,就看清了自己。我们让别人付出代价,这样他对自己的欲望就认识深刻。"孙镜轻轻笑起来,"这是等价交换,精神财富和物质财富,很难说哪个更重要。"

"当然,就我而言,不会对那些还没有成长到需要看清自己欲望的人下手。"孙镜补充了一句。

"那是因为他们没有足够油水吧。"徐徐说,"但我怎么觉得,你还有些没说。"

"命运。"孙镜无声地笑,"让别人感觉到命运的捉弄,这很有趣。某种程度上说,我参与了他们命运的制造。"

"但把握自己的命运才是最重要的,不是吗?"

"你的期望值很高啊。"孙镜伸手到床头柜上拿起那封信,交给徐徐:"这儿有封你的信。"

徐徐撕开信封,躺着把信看完,交给孙镜。

"挺有趣的。"她说。

孙镜把信的内容草草溜了一遍,这居然是封匿名举报信,被狠狠攻击的对象是文贞和。比如管理能力低下,多次对女实习生性骚扰,贪污办公费用等等。

让写信者意料不到的是,他的努力抨击并没能改变文贞和在徐徐心目中的形象,因为本来已经足够糟糕了。

"这个笨家伙怎么对文老头怨气这么大?"徐徐问。

吞吞吐吐假模假式的匿名写信者在徐徐看来着实可笑。对文贞和的情况这么了解,又知道在徐徐这里败坏文贞和的形象,好叫他当不成所谓的私立博物馆馆长的人,当然只有文贞和唯一的下属小陈了。

"那天我就看他表情不太对劲,回头我去了解一下。"孙镜说。

"咕叽",徐徐的肚子又叫起来。

她像是恢复了力气,跳起来站在床上,探出一只脚丫子在孙镜两腿之间拨弄:"起来起来,出去吃饭了。"

孙镜捞住她的脚踝一扯,徐徐惊呼着重新倒在了床上。

第二天是周六,博物馆的人都休息了,捎带着徐徐也空了一些。但还有场地租借要赶紧敲定,开幕式嘉宾得一一邀请,算起来事情也少不到哪里去。前些日子忙起来欧阳文澜那里照应得少了,休息日里也得抽时间去陪陪老人,还没到卸磨的时候,要多哄着。

在欧阳文澜处待了两小时,一出门徐徐就打电话给孙镜报喜。

"欧阳文澜自己跟上博联系过了,馆长答应签好租借协议,投了保,最快下周就能把巫师头骨送过来。他的面子真是好使,这样你的时间就充裕一点了。"

"还有可能更充裕。"孙镜报了个地址,问徐徐多久能到。

这是在五角场,离复旦大学很近的地方,二十年前还极偏僻,现在的房价已经不比市中心低多少了。

一小时后,徐徐从出租车里钻出来。

孙镜在路边抽烟,看见徐徐,灭了烟头扔进废物箱。

"你猜陈炯明为什么这样恨文贞和?"孙镜问。

"小陈?他女朋友被文老头把走了?"

"他年终奖被罚光了,原因是私自带外人进入文物仓库。"

"外人?"徐徐眨眨眼,然后吃了一惊,"韩裳?"

"就是韩裳,在她死的前两天。韩裳带了个数码摄像机,把巫师头骨好好拍了一通。"

"聪明。"徐徐说。

"文贞和知道了立刻就通报上去,我们第二次去找文贞和那天,陈炯明刚收到处罚通知,扣发年终奖。"

"怪不得,这个可怜的人。你是想把韩裳拍的录像搞到手?查到她父母住处了?住在这附近?"

"是你去搞到手。一个男人去她父母家要遗物……呵呵,你去的话就不会让人多心了。"

"怎么要?"

孙镜对她笑笑:"你说呢?"

徐徐想了想,说:"欲取先予。"

"基本功不错。"孙镜从包里拿出一款没拆封的新款康柏数码相机递给徐徐,"刚买的,香港行货。"

给徐徐指了韩家在哪幢楼,孙镜在小区花园里找了张干净的长椅坐着等她回来。他没有和徐徐具体讨论怎么欲取先予,没这必要,这是个再简单不过的小伎俩。

比如说自己从香港出差回来,才知道好姐妹的死讯,数码相机是韩裳托她从香港带的,现在只能交给韩父韩母了。徐徐和韩裳差不多年纪,这样一说谁还会怀疑她身份。录像的事也很好办,就说那摄像机里有一段聚会录像,想拷贝过去作为对逝者的追忆。能把摄像机借回去最好,要在韩家当场拷贝,多拷一份巫师头骨的录像也很好找说辞。至于为什么找不到聚会录像,必然是被删掉了,只能表示万分遗憾。

凭徐徐的本事,活肯定能做得比他想的更漂亮。

坐了半个多小时,徐徐回来了,脸上的表情非常古怪。

"怎么,不顺利?"孙镜奇怪地问。

"她爸爸和妈妈都在,他们说,韩裳租的屋子已经退了,遗物也全都整理好了。"徐徐说到这儿,眉毛愈发地皱起来,"可是没见到摄像机。"

"什么?!"孙镜猛吃了一惊。

"他们说,知道女儿有个数码摄像机,但就是没找到在哪里。"

韩裳拍完巫师头骨的第三天就死了,中间隔了不到四十八小时,摄像机会去了哪里?

掉了?坏了送去修了?

这么巧?

徐徐走过来的时候一直在想这个问题,沉吟着说:"会不会……那天晚上?"

孙镜一拳砸在手心上:"对,一定是这样。"

他长长吐了口气,伸手摸着额头,那儿已经基本长好了。

"他要找的不是韩裳的口述录音,他根本不知道有这东西。他要的是摄像机!这么说韩裳的死是因为她拍了这段录像?仅仅一段巫师头骨的录像有什么要紧,只隔不到四十八小时就下手杀人,这么匆忙,究竟她拍到了些什么东西?"孙镜的眉头越皱越深。

徐徐的思考角度却和孙镜不同。

"如果这段录像是杀人动机,可是这么短的时间里,有几个人能知道这段录像存在?难道是……文贞和?"心底里对文贞和的厌恶,让这个名字第一时间在徐徐的脑海里蹦出来。

"他的确有嫌疑。如果巫师头骨因为什么原因不能曝光,他这么强硬地拒绝我们进库房就有了理由。但嫌疑者不止他一个,韩裳参观文物仓库的第二天上午,文贞和就向馆里通报了陈炯明的违规行为,所以知道的人很多。这事情有点只许州官放火不准百姓点灯的意思,许多人都当八卦在传,没准一些和博物馆关系密切的人也会很快知道。"

"这样啊……"

"要是能看到这段录像就好了。你再去韩家一次,说不定韩裳会把拍到的内容拷在她的手提电脑上。"那天晚上孙镜在韩裳的屋子里大概看了一遍,不记得她有台式电脑,笔记本电脑没瞧见,但想来是肯定有的。

"别手提也被那家伙一块儿顺走了。"徐徐说。

"不会,要是带着个手提,他跑得没那么利索。"

徐徐再次前往韩家,这回孙镜没法像先前那样悠闲,转着玉戒指,时不时往徐徐的去路看一眼。

现在孙镜已经认定韩裳必然死于谋杀,至于凶手究竟怎么让谋杀看起来像一场意外,他却没有多想。参加神秘实验的人个个都有古怪,一定有办法做出常识之外的谋杀案来。

只隔了二十分钟,徐徐就回来了。孙镜远远一打量就知道没戏,去时一个提包回时一个提包,什么都没多出来。

徐徐的表情却并不很失落,说:"韩裳的手提给他们卖了,因为放着睹物思人心里难受。就前几天卖的,不知还赶不赶得及。卖之前他们把硬盘给格式化了,只要找到机子,恢复起来不会很困难。"

手提电脑是卖给附近一家电脑医院的。两人找到那家小店,店主人打了个电话,然后告诉他们电脑还在。

韩家把电脑卖了两千八,现在他们得花四千块买回来,包括一个恢复硬盘内容的服务。这都不是问题,他们等了两个多小时,在附近随便吃了点晚饭,终于把这个亮银色的手提拿回了家。

当然还是孙镜家。

只是期望越大失望越大,翻遍了恢复出来的硬盘内容,一无所获。

不过徐徐觉得孙镜还是有所收获的,他们在一个文件夹里居然发现了韩裳对着穿衣镜的自拍照片,乳房挺拔,粉色的乳晕,腰很细,双腿并得很紧。

"人都有不为所知的一面。"孙镜叹息着,"可惜还不够火爆。"

"你还想要看怎样火爆的?"徐徐跳起来去掐孙镜的脖子,"你这个没道德的窥私狂。"

孙镜有点喘不过气来,却不挣扎,搂起徐徐的腰肢,她的手就自然松了下来。

"我看你是因为自己身材没人家好才气急败坏。"

"怎么可能!"

孙镜的手滑进她领口。

"要么让我来拍几张和她比比看。"

徐徐抿着嘴不说话,用力拧孙镜后腰的软肉。

太阳照在眼皮上。徐徐手往旁边摸摸,没碰到孙镜。睁开眼睛,侧过头,看见孙镜坐在餐桌边。

徐徐拉着被子半坐起来,瞧见桌上有油条,有豆浆。韩裳的笔记本打开着,放在孙镜面前。

"你很早就爬起来了?"徐徐迷蒙着问,还没完全醒过来。

"一个多小时。"

徐徐"唔"了一声,坐在那儿舒服地发了会呆,又问:"你在看她电脑啊,昨天不是仔细看了好几遍嘛,什么都没有。"

说到这里,她突然醒过来,一掀被子跳下床,怒气冲冲:"你又在看她照片!"

孙镜指了指拉开的窗帘,然后徐徐手忙脚乱开始穿衣服。

"人会有盲点的,所以我早上起来又看了一遍。"孙镜说。

"切,昨天四只眼睛都没找到,谁知道你一早起来在看什么。"

"别对自己那么没信心。"孙镜笑了,"我还真找到了点东西。"

这时徐徐已经穿好衣服,冲到孙镜身边。

屏幕上显示的,却是韩裳存放口述录音文件的文件夹。昨天早已经看过了的。

"这有什么问题?"徐徐不明白。

"昨天我们都没注意,你看,这里有九个文件。"

"啊!"经过孙镜这一提醒,徐徐反应过来,存在U盘里的只有八段录音,这里多了一段。昨晚他们的注意力都放在了可能是巫师头骨录像的视频文件上,也没细看就忽略过去了。

"多了一段最新的录音,看时间是韩裳死的前一天晚上录的。那个时候她已经把U盘放到吊灯灯罩里去了。"

"你怎么不早点把我叫起来,她说了什么?"

"我等着和你一起听。"孙镜笑笑,"也不急你这点睡觉时间。先去洗脸刷牙吧。"

"噢。"徐徐低眉顺目地乖乖走去卫生间。

手提电脑里传出韩裳的声音。

上次听见这个声音到今天,还不满一个月。但孙镜此时听来,却多了一份亲切,一份悲凉。

"借到巫师头骨的希望越来越渺茫,实际上我已经不抱希望了。上博甲骨部的负责人不好打交道,我不确定他是太古板还是胃口太大。不过昨天我成功地绕过了他,他的下属把我领进了库房,让我见到了巫师头骨。但他最多也就只能做到这步了。"

"也许是之前太多期望和想象,见到它的那一刻,我竟然有点失望。我以为可以在第一时间感觉到它的不同寻常之处,也许是一种灵魂的悸动,也许我的幻觉会再次出现。然而都没有。当然,在我用摄像机绕着它细细拍了一圈又一圈后,头骨上环绕着圆孔的古老符号开始让我感觉到一些神秘的气息。它缓慢地浸润人心,并不疾风迅雨。但我又怀疑这只是错觉,也许任何人看见古老的甲骨都会生出神秘感吧。"

"我还不明白为什么斯文·赫定这样重视巫师头骨,一定有文物价值之外的原因,或许他有我无法企及的洞察力吧。拍回来的录像我会在以后的时间里好好研究,也许并不会有什么结果。毕竟几十年来,那么多专业人士都研究过头骨上的甲骨刻字,却一直没有得到公认的合理破译。"

说到这里,韩裳轻咳一声,稍稍停顿。

这几句话韩裳说得有点急,给孙镜的感觉并不是急切,而是浮躁。之前所有的录音里,除了提到她死去的男友,韩裳表现出来的情绪都是冷静的,她镇定地讲述所遭遇的一切,甚至像个旁观者。

但这段录音不同。也有语气平缓的时候,可孙镜觉得那是故作镇定的造作。听到这里,语速时缓时急,断句犹犹豫豫,显然韩裳情绪不稳,心不在焉。

"带我进入库房的人叫陈炯明,他先前又发短信给我,约我明天见面。说有关于巫师头骨的重要消息告诉我。也许他想再多要些钱,呵呵。"

录音里韩裳轻笑了两声,笑声稍显生硬。孙镜和徐徐已经愣住了,韩裳在这里说的明天,就是她死的那天呀。

"我打回给他,想问清楚一点,他却关机了。明天就是《泰尔》首演的日子,我一直期待着这一天的到来。他约的时间恰好在首演前,地方有点奇怪,但离剧院不远。我也很期待他会告诉我些什么事情,希望别耽误我太长时间,呵呵。"

她又笑了笑。

"我……明白她为什么会在那里停下来了。"徐徐喃喃地说。

韩裳没说约定的地点奇怪在哪里,但孙镜和徐徐都明了她的意思。一般人约见的地点,如果不是茶馆咖啡厅之类,那么就是大厦的入口或某个标志物前。但陈炯明短信上告诉她的,多半只是一个小街的门牌号。韩裳找到这个普普通通的门牌号,停下来等待约她的陈炯明,然后就被坠落的花盆砸死了。

韩裳还在继续说。

"说起来明天会发生很多事,首演,陈炯明,还有孙镜。孙镜就是孙禹的曾孙,我不知道能不能在他的身上,找到些不同寻常的地方。从孙家接连四代的特殊情况,我想这很有可能。我用了一个挺有意思的方式约他见面,希望他喜欢。我想给他留下一个良好而深刻的印象,这样他也许会有耐心听我讲一个离奇荒诞的故事,而不是立刻把我赶走。"

韩裳又停了下来。这次她停了很长的时间,然后,长长地吸气,吐气。

"希望,和他见面……愉快。"她缓慢地,低沉地说。录音到此结束。

"她预感到了。"徐徐说。

"是啊。"孙镜叹息。

这第九段录音,和前八段明显不同。之前的录音,都是韩裳某一阶段的调查有了结果之后,再以录音的形式将其保存下来。如果按照这个标准,那么韩裳应该在对巫师头骨的录像研究有结论后,或者在和陈炯明见面获得了有价值的情报后,才会录下第九段录音。

可是她没有,在这段录音里,说的只是她刚做了什么,准备做什么,还没结出任何有价值的果实呢。韩裳的口述录音从来就不是心情日记,她力图揭开神秘实验的面纱,把每一步的脚印用声音保存。如此反常,只有一个原因——她对自己的死有所预感,不管这是因为神秘的直觉,还是对茨威格剧本诅咒的恐惧。

想必她的心情是极矛盾的。即便她已经把 U 盘放入了灯罩,取下来也并不很麻烦。没这样做的原因,是想有个好兆头吧。

……何必这么急呢,仿佛过了今天,就没机会似的。

她一定这样对自己说过。

没有人愿意死去,隐隐约约有了不祥的预兆,就更不愿去做沾染了不祥意味的事情。

录音停止之后,孙镜和徐徐都沉默了一会儿。不管是韩裳的情绪还是她透露的消息,两人都需要一点时间消化。

"怎么……会是陈炯明?"过了会儿,徐徐开口说。

这样一个原以为无足轻重的,甚至有点笨有点可笑的人,突然之间就跳到了舞台的中央。这实在让人意外。

他是凶手?他和神秘实验有关系?可是他怎么又写了那样一封可笑的信给徐徐?

"有问题。"孙镜摇了摇头,"我们原本的假设是,韩裳因为拍摄了巫师头骨才被害,可陈炯明却是领她去看巫师头骨的人。"

"但不管怎么样,得想办法接触一下这个人。"徐徐说。

"就算不是陈炯明,危险人物也一定在陈炯明的周围。怎么接触他,得好好琢磨一下。"

"砰"!孙镜把一卷厚毡毯扔在地上,展开。

他套上橡胶手套,掀开旁边广口大陶罐的盖子。

里面是黄浊的液体,一股难闻的气味迅速在空气里挥发,也不全是臭,还混杂了酒精和酸菜味,恶心得很。

孙镜屏着气,手伸进去,捞出浸在里面的头骨,放在毡毯上。

他用布把头骨抹干净,放在手里慢慢转动。头骨表面的颜色略有改变,比原来稍浅些,还有点泛黄。

往陶罐里加的那一堆作料可不是为了把头骨洗干净,他把头骨倒过来,拿起锉刀,在下沿处锉了个小口。看过小口里的颜色,孙镜把头骨重新扔进陶罐子,还差至少五小时火候。

毡毯卷起来踢到墙边,洗个澡去了刚刚沾上的怪味,出门。

这几天一直没有找到和陈炯明接触的合适机会。尽管两人都觉得,他就是凶手的可能性不大,但贸然约他总不太稳妥。既然不久之后会有一个天然的机会,就耐心等了下来。

今天,徐徐代表欧阳文澜前去上博接收巫师头骨,甲骨部一共就两个人,都能见到。而孙镜则以先睹为快的名义,和徐徐一起去。

实际上,当孙镜和徐徐来到上博的时候,巫师头骨已经装进恒温恒湿的专用保险箱里。程序上,徐徐将和上博的人,由保全公司派车连同保险箱送到欧阳家,当着欧阳文澜的面打开保险箱取出巫师头骨。接下来的保管展出,就都是欧阳文澜的事了。

甲骨部办公室里只有文贞和一个人,陈炯明被派去库房取巫师头骨,这时候大概抱着保险箱坐在保全公司的车里等着呢。小人物总是跑腿的命,就算心里对文贞和恨得要死,吩咐下来的活还得乖乖干。文贞和并不在意陈炯明会等多久,给两人泡了茶,吸着烟管,端着前辈的笑容,问问欧阳文澜的近况,问问甲骨博物馆筹备的情况,半小时眨眼就过去了。

两人在意的东西,全都在保全公司那辆面包车上,没心思陪文贞和瞎扯。徐徐把杯中茶喝完,文贞和要去加,她就说不用了。

"一会儿我还有个会,今天就不陪着去看欧阳老了,你们帮我打个招呼。等展出开幕那天,我早早给欧阳老拜寿去。车在门口,出去就能瞧见。"文贞和说完,起身送两人到厅外。他看起来本不像个周到人,这样礼数周全,不知是否还惦记着徐徐的甲骨博物馆馆长位置。

面包车已经开到地下,等在门卫室边。徐徐和孙镜还没走到车前,陈炯明就拉开了门笑着招呼。

保全公司的人坐在前排,后厢就是三个人加一个比通常微波炉更大一圈的特殊保险箱。

谋划了这么久,前后生出了这么多变故,所为的巫师头骨已经近在咫尺。这件国宝的意义早不复初时那样单纯,它所具备的魔力,即使被装在保险箱里,也引得两人的目光先后在这银灰色的箱子上打了个转,才投到陈炯明身上去。

这是孙镜和徐徐第一次真正地打量陈炯明。

他身材微胖,长了张国字脸,却并不让人觉得阳刚。眉毛稀疏,小眼睛,目光游移。

能布局杀人者都自有格局,就陈炯明的精气神,怎么看都不像。

被两人这么一看,大概是想到自己写了那封信,陈炯明一下子变得不自在起来。他笑笑,摸出手机拨给文贞和,告诉他徐孙二人已经上车,这就出发了。

孙镜正想着怎么搭话试探,瞥见他手机是最新款的诺基亚 N95-8GB,心里一动,问:"这手机挺漂亮啊,好像才上市没多久吧?"

陈炯明苦笑:"我是刚弄掉了手机,本想着提前透支点年终奖,买了这款,嘿嘿。"年终奖是他的伤心事,这时却不方便多说。

听他说刚把旧手机掉了,孙镜心里开始明白过来。但得再问清楚一点,琢磨着该怎么开口。

"我上个月也掉了个手机,寒露那天。"徐徐说。

"寒露?"陈炯明愣了一下,"这么巧,我也是那天掉的手机。"

今年的寒露是阳历十月九号,韩裳正是在这天收到来自陈炯明手机的短信。

"现在的小偷越来越猖獗,抓到了也没办法,最多关几天又出来了。"孙镜说。

"我倒也吃不准是不是被偷的。回家一看没了,衣服包都没划破,当时还以为落在单位呢。这段时间真是晦气极了。"

孙镜和徐徐相互看了一眼,陈炯明的嫌疑算是基本消除了,同一个办公室的文贞和嫌疑却急剧加大。

上博离欧阳家不远,不多久就到了。这一次,却是欧阳文澜亲自开的门。看来他对这件从没有真正属于过自己的国宝满怀期待,也有可能是他对于将要以巫师头骨为关键道具的祈寿巫术满怀期待。老人总是淡泊名利的多,无惧生死的少,何况欧阳文澜连名也并不很淡泊。

欧阳文澜满脸笑容,把众人引到一楼客厅。保全公司的黝黑汉子抱着保险箱轻轻放在茶几上,这也是个小小的仪式,等陈炯明把保险箱打开,将巫师头骨交给欧阳文澜,就算大功告成。

两组八位密码输完,再用钥匙在锁孔里转了半圈,轻轻的一声"喀"响,箱门开了。

所有人,包括那位保全,眼睛都盯在了同一个地方。陈炯明把巫师头骨从保险箱里双手捧出来,送到欧阳文澜面前。

孙镜下意识地停住呼吸,盯着这颗灰白色的头骨。头骨的上半部分色泽偏黄,和下半部分略有不同。这是因为下半部分是后补的,凑近看还能瞧见细细的接口。并不是无法做到天衣无缝,而是故意做成这样,黏合剂也是专用的,需要时可以在不损伤头骨的情况下把两者分开。

头骨顶部的圆孔边缘平滑,在当时要做到这一点就很不容易。环绕着圆孔,是那两圈著名的未破解甲骨文。实际上,这到底算不算甲骨文都有争议,许多学者认为这应该是有别于甲骨文字系统的专门巫术符号,孙镜也持这种观点。

欧阳文澜注视着头骨,良久,一声叹息,才伸出手去把头骨接过来。

陈炯明立刻拍起手来,保全和徐徐也跟着鼓掌,孙镜目光紧跟着头骨,竟是比站在一边的阿宝还慢了一拍。

陈炯明原本并不认识欧阳文澜,这时说了几句恭维话,和保全告辞走了。阿宝送他们出去就没再进来,大客厅里剩了一老二少三人,围着这件甲骨界最负盛名的重宝赏看。

在徐徐看来,孙镜对巫师头骨的热情有些过度。在征得了欧阳文澜的同意后,他甚至捧起了头骨从上看到下从里看到外。要知道欧阳文澜也那么多年没亲眼见到巫师头骨了,孙镜这不免有些喧宾夺主。

不过徐徐能够理解,要不是这件巫师头骨,孙镜以及孙镜的父亲、祖父、曾祖父,他们的人生都会是另一个样子。然而她很快反应过来,自己的理解或许有些错误。她注意到孙镜的表情微妙,他发现了什么?

这样想的时候,孙镜看了她一眼,眼神里像是有一丝惊讶。孙镜是不把情绪外露的人,特别是现在的场合,按照一个好骗子的标准,不管心情如何波动,脸上的表情该控制成什么样就得控制成什么样,不是吗?

徐徐突然意识到了,孙镜从看到巫师头骨开始,状态就很不对劲!包括那喧宾夺主的行为,以他的控制力是不该做出这种事的。

孙镜只看了徐徐一眼,就又低下头去,他足足研究了头骨十多分钟,这才交还给欧阳文澜。

徐徐用眼神问他是怎么回事,孙镜这时却已经恢复过来,不动声色,并不理会徐徐的问询。

欧阳文澜对巫师头骨的感情复杂而深刻,这时用苍老的手抚着头骨,唏嘘不已。徐徐一边应和着开解着,心里越来越好奇,明知道孙镜不可能在这种情况下告诉她真相,还是拿眼角瞄了他好几回。

孙镜微微摇头,竟转身上厕所去了。

徐徐恨得咬牙,想着找个借口早些走,问个清楚,但又不太合适。拿回巫师头骨,欧阳文澜一高兴,说不定还要留晚饭呢。

手机在这时响了一声,是短信。徐徐拿出一看,是孙镜发来的。

点开短信,内容只有两个字。

但这两个字,却让徐徐的表情一下子僵住了。

幸好欧阳文澜低着头,没发现她的异常。

徐徐闭上眼睛,再睁开,又看了一眼手机屏幕。

"假的!"

这个巫师头骨,竟然是假的!

厕所里,孙镜把这简单的短信发出去后,也愣了半晌。这枚从上博的文物仓库放进保险箱,郑重送来的巫师头骨,是假的。看欧阳文澜的神情,并没有觉出异常,是他一时未看出,还是说,一直就是假的?

可笑自己还辛辛苦苦准备做一个假的来调包。

这一下的变故,比上次文贞和突然拒绝更让人不知所措。在确认是假的那瞬间,孙镜甚至有被打蒙了的感觉。

孙镜深吸一口气,准备走出厕所的时候,手机收到了一条短信。

他立刻后悔,不该现在就告诉徐徐真相的,她也太稳不住了。

但这条短信并不是徐徐发来的,那是个完全陌生的号码。

想要知道关于巫师头骨的秘密,明天早晨八点,你一个人来。

后面留的地址,是小街十四号。

小街十四号,没记错的话,就在韩裳死亡地点的斜对面。

小街十四号——孙镜想起了前天欧阳文澜打给他的一个电话。因为看见报纸上关于小街将要拆除推平的报道,欧阳文澜终于说出了上次谈话时没有透露的秘密:在美琪大剧院建成后不久,一次去看戏经过小街时看见孙禹,喊他他却充耳不闻,低着头迅速走进一幢房子。欧阳文澜怀疑,那幢房子就是神秘实验者们聚会的地点。他记不得具体是哪一幢了,但大概的位置,就在小街尽头。

韩裳的死亡、让徐徐惊恐的鬼魂、神秘实验者们的秘密据点、短信上的邀请函。这些诡异的枝蔓,发自同一颗种子。

明天,小街十四号,他就会看见这颗种子。

多么浓烈的危险气味啊。孙镜对着镜子里的自己笑一笑,转身拉开门,走了出去。

危险是一把利刃,不要向它而去。但如果有足够的勇气和技巧,再加上一点运气,你也有机会握住把手,调转锋刃的方向。

九、风　暴

　　早晨六点五十分,孙镜睁开眼睛,小心从徐徐的手脚间挪出来,翻身下床。

　　卫生间在卧室外,不用担心洗漱声会吵醒她。

　　孙镜用冷水狠狠抹了把脸,转身把毛巾挂好,却意外看见徐徐站在门口。

　　"我很快的,等等我。"她说。

　　"我去买早饭。"孙镜说,"你想吃什么?"

　　"那我就和你一起去买,想吃什么自己挑。"

　　孙镜皱起眉,看了徐徐一会儿,知道骗不过去,问:"你怎么猜到的?"

　　徐徐笑了,指指孙镜的右手。

　　孙镜看看右手的玉戒,不明白。知道自己下意识转戒指的习惯早已被徐徐发现,所以昨天他一直很小心地管住拇指不乱动。

　　"我就觉得有什么地方不对劲,晚上睡不踏实,五点多醒过来的时候,看见你睡着了还在转戒指,一定有事瞒着我。说吧,你准备甩下我去哪儿。"

　　"昨天欧阳文澜不是约你,上午去帮着筹备祈寿巫术的吗,你还挺感兴趣呢。"孙镜问。

"睡过头,忘了!"徐徐瞪着孙镜,"回头我就去把手机关了。"

"约定是我一个人去。"孙镜看着徐徐龇起牙,说,"好在你看上去也没什么威慑力,等着我的家伙大概不至于就此缩头不敢露面吧。"

周六的早晨,街上人比往日少得多。而小街上,一个行人都没有。

小街一头的房屋已经被完全推倒,成了工地,无法行走。两人绕到另一头,包括十四号在内的几幢砖混结构大楼还没拆,但街道入口处拦了起来,两个戴着安全帽的建筑工站在旁边抽烟。

"老房子里落了点东西忘记拿出来了。"孙镜对两人打了个招呼,就要往里走。

"几号里的?"

"十四号的。"

高个子点点头,旁边的矮个子却伸出手一拦。

"这是工地,我们有规定不让外人进来的。否则我们被罚工钱谁赔啊。"

这就是在要钱,怎么现在建筑工人也成这样了。孙镜在心里摇着头,摸出一百元,笑着递过去。

"帮个忙吧。"

矮个子摇摇头:"我们可两个人呢。"

这可把徐徐气着了,一拉孙镜就往回走:"落下的东西都不一定能值两百,走,不拿了。"

矮个子耸耸肩,竟然没有意料中的见好就收。

两人当然不能就这么走掉,孙镜只好打个圆场,掏出两百一人一张,这才被顺利放行。

"死要钱的家伙。"徐徐低声咒着。

"就是这里了。"孙镜看了眼门牌,又回头望向对面。地上的人形白圈早已经不见了,那些摆在各家阳台上的花盆多半被收走,剩下零星几盆,里面花草已经枯萎。

徐徐的脸色有些不对,孙镜握住她的手,极冷。

"怎么了?"

徐徐摇摇头:"没什么,进去吧。"

孙镜的手指移动,碰着脉门,发觉她心跳得很快。

徐徐甩开孙镜的手,在门上一推。门并没锁上,几无声息地缓缓开了。

这是一梯两户的老公寓楼,门口的开关来回扳了几下没反应,看样子电已经拉掉了。

孙镜搓搓手指,凑近去看开关。这种黑胶木上下扳动的开关是上世纪上半叶常见的,到今天算得上极古老,他家里最初也用这种,后来坏了换成新式的。这个开关孔缝里积下的尘灰厚且牢固,不是短时间能落下的。他又往四周扫了眼,并没有其他开关。

难道这幢房子不住人已经好些年了?孙镜这样想着,反手把门拉上,眼前顿时昏暗。左右两户的房门半开着,稀落的光线透进来,映着前方转折向上的楼梯。

"门都开着,这么方便啊。左边还是右边?"孙镜问。

"左……边。"徐徐的声音低哑干涩,让孙镜想起了那个乱葬岗上的夜晚。

左边?她是随便选的,还是知道什么?

门里的地面比门外高着一截,而且铺着木地板,不像外面是水门汀。

进门是一条走廊,老公寓的格局都差不多,房间分布在走廊两侧。紧靠着大门的两间是厨房厕所,厨房在左临着街,厕所在右。

只抬头看见天花板四周挂着的蛛网,孙镜就知道自己的判断是正确的。这房子恐怕至少有十年无人居住,连手在墙上蹭一下,都有许多灰。

房子不住人最容易坏,地板都酥朽了,走起来的声音像是随时都会陷落下去。这完全是有可能的,通常在地板下还留有三十到五十厘米的隔潮空间,也许下一步就会陷进半条腿。孙镜用力踩踩地板,感觉上不止十年没人住,二十年?或许更久。

奇怪的是地板上看不出多少灰。照理说,这该是积灰最厚的地方,一步一个脚印才对。

有人在最近专门扫过?孙镜一边低头打量着地板一边想。

这个是?

离大门不远处的地板上有个小洞,洞里有东西。孙镜弯下腰,花了好大力气,才把嵌在地板里的东西拔出来。

竟然是个高跟鞋的鞋跟。

孙镜把鞋跟拿在眼前,从断口看它折断的时间不会太久。

他立刻记起,被敲闷棍那天晚上把徐徐喊来时,她换了身衣服,鞋也换成了运动鞋。而且走路的时候，一只脚像是崴到了，小跑的时候不很灵便。

加上她此时的异常反应，毫无疑问，徐徐来过这里！

他抬眼去看徐徐。她正站在厨房门口，死死盯着孙镜手里的鞋跟，急促地喘气。

看着鞋跟，徐徐的脑袋突然痛起来。她踉跄退了一步，一只手扶着额头，另一只手向后撑在灶台上，把一个破了嘴不知扔在这儿多少年的花瓶带倒了。

花瓶没碎，几十只大蟑螂从瓶口一涌而出，其中的一小半甚至飞起来，眨眼就到了徐徐面前。

大多数人对蟑螂都极厌恶，一两只还能用脚踩，几十只一起来，把徐徐吓得连头痛也忘记了，尖叫一声扭头就逃。

她的惊叫声如此尖锐，以至于站在小街路口那两个收了过路费的家伙，都隐隐约约听见了。

"有人在叫？"高个子狐疑地问。

矮个子把短消息发出去，揣好手机说："女人总爱大惊小怪，再说就算有什么事，也和我们没关系。拿多少钱办多少事，别瞎操心。"

"那倒是。不过你还真行，居然能收他们两百块钱。"

"看他们装我就好笑，还真能就这么走了不进去？两百块而已，就当我们扫地的辛苦费了。再说，这钱他们留着也用不着了不是，可惜了这漂亮小妞，原本不是说就那男的一个人来吗？"

高个子耸耸肩，就像矮个子刚才说的，他们拿这点钱，就没必要管太多的事情。他弯腰把一块刚才特意放倒的警示牌重新竖了起来。

今日爆破拆楼,危险切勿靠近!

矮个子看看表,说:"过半小时就交通管制了,估计爆破队一会儿就来,我去把他们叫起来。"

他走到十四号对面的楼里,没一会儿就叫出了两个还满嘴酒气的人来。这两人接了安全帽,不住地道谢。在他们看来,眼前才来建筑队打工没几天的两兄弟人真不错,晚上值夜班的时候陪着喝酒打牌不说,自己哥俩喝多了,他们还能帮着顶几小时班。

"以后多照应啊。"矮个子说。

"一定一定。"两人连声答应,笑呵呵看着一高一矮的背影远去。

"我想起来了。"

地上有几只被踩死的蟑螂,其他的早已逃得不见踪影。

"我想起来了。"徐徐看着孙镜,"那天的事情,我全想起来了。这儿,我来过的。"

孙镜松了口气。真是幸运,照王医生的说法,这样的情况精神受创加剧的可能性要比康复更大。

"那个中午,看见韩裳被花盆砸到,我闭上眼睛,想让自己镇定一下,再次睁开眼睛的时候,我侧过头往这边看。"徐徐用手往下指了指,表示她睁开眼看的方向,就是十四号。

"我没敢立刻往出事的地方看,想调节一下心情。可是没想到,我看见……我看见这十四号的门是开着的,站在门里面的,是……"

徐徐说到这里停住了,这正是关键时刻,但孙镜并不催她。

徐徐哽了一会儿,终究没有说出那是什么,却换了个讲法,说:"那并不像个人。我没有看得很清楚,他正在向后退,门正在关上,我就看了一眼。一身黑袍子,头是个骷髅。"

她顿了顿,看着孙镜,再次强调:"没有皮,没有肉,没有眼睛,就是两个窟窿。一个白骨森森的骷髅头。"

怪不得,孙镜想。徐徐原本没有那么脆弱,但在乱葬岗上,自己把一个骷髅头挡在脸前面去吓她,这才吓出了毛病。

"我不知道那是个什么东西,也疑心自己是不是看错了,而且韩裘就是在那时死的,这太巧了。所以和你吃完饭分手之后,我又回来了,想进来瞧瞧到底是怎么回事。"

孙镜捏着鞋跟的手紧了紧。

"那天,门是锁着的,警察就在我背后不远的地方忙活。不过这可难不倒我,呵呵。"徐徐一笑,孙镜听着她的笑声,觉得她的情绪已经差不多稳定下来了。

"进来之后,里面的两扇门和今天一样,没有锁。但有一点完全不同,那天,木地板上的灰很厚。右边的那户没有脚印,这户有,所以我就进了这户。"

"正常人的脚印?"孙镜问。

"说不准,并不是一两行清楚的脚印,比较凌乱。"

"每个房间都有吗?"

徐徐伸出手指着地下,画了个弧线向前指向走廊深处:"就这条走廊上,厨房厕所里没有,前面那几间屋子也没有,直到最里面大房间的门口。"

孙镜想象着当时的情景,在久无人居布满蛛网的空屋子里,地上却出现了许多脚印。一个人走在这样的环境里,就是自己也会皮肤发紧,何况徐徐还看见过骷髅人。

"我就顺着脚印往前走。"徐徐说着,也向前走去。

孙镜跟着她往前走,走廊空空荡荡,两边的房间也是一样,除了两把破旧椅子和半个空纸箱外,再没有其他东西。有面墙上贴了好大一方纸,上面用毛笔写着"天道酬勤"四个字。字不怎么样,该是前主人留下的,已经变得灰扑扑,有无落款也看不清。孙镜本想上去瞧瞧写字者是否留下了自己的名字,徐徐却停下脚步。

"那天,我差不多走到这儿的时候,忽然就是一阵阴风。"徐徐冲孙镜笑笑,"听着有点玄,但当时我心里就是这感觉,一阵阴风,打着转就在走道上刮起来了。这么多的灰,你能想象那是什么样子。我只好眯起眼睛低下头,看着地上的脚印被风刮得淡下去,一会儿就不见了。"

"我真是被吓到了,想着是不是退出去,就感觉到前面有东西。我勉强迎风往前看,那东西就站在门口。"

孙镜看她手指的方向,那是走廊右侧最里面的一间屋子。

"他穿的像是件黑风衣,全身都遮住了,风帽下面就是那个脑袋,全是骨头的脑袋。两个眼窟窿对着我,我想他是在看着我。我吓得可比刚才看见蟑螂还厉害些,叫的倒是没有多响,因为一张口风啊灰啊就灌进来。哆哆嗦嗦往回逃,脚都软了,临到门口差点摔一跤,那时还以为他抓着我的脚不让我走,不敢回头,只知道拼命挣。逃出去后才明白过来,是鞋跟扎地板里了。"

徐徐自嘲地一笑:"这算是我有史以来最狼狈的一次,太阳下面晒了老半天才缓过来。回到家里洗了个澡,闷头就睡,醒过来已经是晚上了。这种撞鬼的事情太荒谬,说出去没人相信,还显得自己没胆没面子,只好埋到肚子里。那天晚上我跑去吴江路一通猛吃,想把这事忘了。要不是我正好在吴江路,离你那儿近,接到电话可没赶来得这么及时。"

"撞鬼?我看是有人装神弄鬼。"孙镜说。

相信神秘现象存在和相信鬼神存在是两回事,相信鬼神存在和相信徐徐看见的的确是鬼又是两回事。

"你有点近视的,多少度?"孙镜问。

"两百多三百不到。"

"你那天戴的太阳眼镜不带近视度数吧,所以你站在小街上看对面的人,多少总有点模糊。至于第二次,风迎着你的脸吹,又全是灰,你眼睛都睁不开,也不会看得多清楚。"

"可他那个脑袋就是个白骨头,我肯定不会看错。而且好好的,屋子里怎么会起风?"

孙镜摇摇头,却问:"这么说起来,你没进过前面这间屋子?"

"没有。"

"那咱们进去瞧瞧。"

这是间有三十平方米的大屋,拉着花布窗帘,光线黯淡。

"你把窗帘稍微掀一下,透点光进来。"孙镜说。

徐徐走到窗边,掀开窗帘一角。外面是后头弄堂里的二层老式石库门房子,已经被拆了一半。

孙镜蹲在地上,借着光看地板上的痕迹,过了会儿他站起来摇了摇头。和外面走廊上差不多,极浅的一层灰,没有人的足迹——如果他们的对手是人的话。

徐徐把窗帘放下,一松手就掉了几片碎布下来。这布窗帘多年来早被太阳晒脆了。

孙镜眼睛在空屋子里溜了一圈,最后视线定格在一面大壁橱上。

壁橱宽近三米,两扇木移门没有关严实,露了道缝。橱不是落地的,离地有一米高,向上一直到天花板,这格局不太寻常。

通常老房子里,不落地的壁橱也有,但那往往是因为客观限制。比如墙后是楼梯,壁橱做在高处可以借用楼梯上方空间,但下方必须给楼梯留出位置。可这面壁橱靠着的是堵隔墙,背后是另一间小屋,没有客观上的限制。

当然,也许这样做是为了离地远,好存放些需干燥保存的东西。但这间房里空荡荡的,一眼看去没有其他值得怀疑的了。

孙镜推动壁橱的一扇移门,里面是个完整的空间,没有做成几层,大概有两米深。他吸了吸鼻子,忽然微笑起来。

"我们找到地方了。"他说。

"你发现什么了?"徐徐走过来探头往里看。

"你闻一下。"

"没什么啊,很正常,最多一点点霉味。怎么啦?"

"如果这橱一直关着,即便没真正密闭也不会就这点味道。现在里面的空气,和外面的吸起来相差不多。"

徐徐立刻明白了:"这橱最近被开过,而且一定敞开了段时间。可是为什么地上没脚印?"

"也许……被风吹走了吧。"

徐徐打了个冷颤。

橱里什么都没有,孙镜和徐徐一起伸头看了半天,也没发现哪里有问题。孙镜想了想,把移门合上,去拉靠里的那扇门,却怎么都拉不动,像是卡住了。

移门看起来很简单,两根横木杠嵌三块厚木板拼成一扇门。徐徐对卡住的门又摸又敲,门板这么厚,听不真切,好像是内有玄机。

孙镜手一撑钻进壁橱里,站到卡住的门背后端详。徐徐紧跟着也爬了进来,壁橱的空间很大,两个人也不拥挤。她看见孙镜正用手在最下面那根横木杠上来回捋,然后抓着中间的一段向内拉,约一尺长的木杠慢慢被拉了起来,像是个把手。

把手的一端有个圆孔,不知有什么用处。孙镜两手各执一头,顺时针转不动,换成逆时针。

一阵轻微的锁链声响,徐徐觉得脚下动了动,连忙站开,这下孙镜转得轻松多了,很快壁橱左侧的底板移开,露出个黑森森的方洞。

"这应该就是你曾祖父秘密聚会的地方了。"徐徐说,"但给你发短信的人怎么还没出现?"

"也许他在里面等着我们。"孙镜说。

壁橱活动底板和旁边接合的细缝上明明积着薄灰,否则刚才他们站在橱外打量时就会发现这块活板,怎么可能有人已经进去?徐徐刚想反驳,忽然想起先前孙镜说的被风吹走,顿时把话吞回肚里,心中不安起来。

"那……要下去吗?"

孙镜看看徐徐,说:"我下去,你在外面。"

徐徐咬了咬牙,一猫腰,顺着通道陡峭的阶梯爬了下去,动作飞快。

"嘿!"孙镜刚叫了一声,徐徐半个身子就已经下去了。

"小心点。"孙镜说着松开把手,跟着徐徐爬下去。

着地的时候,孙镜吸了口气,这个空间并不像他想象的那么潮湿。

天光被窗帘挡着,折进壁橱,再照到密室里,残留下的只够把地下的幽暗稍做稀释,就无力继续了。

这里的空间压抑得很,刚能让人挺直身子,不到两米高。刨去壁橱离地的一米,剩下的空间是利用原本的隔潮带再深挖而成的。

密室很小。准确地说,上面的壁橱多大,这间密室就只有多大。

徐徐下来得急,不小心滑了一下,腿磕在一张矮桌上。她揉着痛处,问孙镜:"有火吗?"

矮桌上放着三根燃了一半的粗白烛,上一次点燃也不知是多久之前。

孙镜把白烛一根根点燃,徐徐却惊叫起来:"门在关上!"

"我手一松开把,这门就自动一点点关起来。你看那儿还有个绞盘,该是开门用的。"

徐徐顺着看去,果然楼梯边的墙上装了个金属的圆盘,转起来可要比上面的木把手方便许多。

这时孙镜点燃了三根蜡烛,密室里真正亮堂起来。烛火闪烁,人影在墙和水泥地上扭曲晃动着,一张扁平的大嘴赫然出现,把两人吓了一跳。

刚下来的时候,他们以为这小屋就只有上面的壁橱那点大,现在才发现不对。正对着密室楼梯的那面墙只有一半,而且是上面一半。墙的下沿还差地面一米,现在的这点烛火根本照不到里面的情况。

当然,两人都知道,那儿是原本房间地板下的隔潮层,和上面的房间一般大,三十平米左右。真正让他们一下子把心提起来的是,有一只手!

在这个扁平黑洞的最外侧,烛火能照亮地方的边缘,有一只手。

这是死人的手,皮肉皆无,只剩白骨。隐隐约约,还能看见袖管的一角。

徐徐已经退到孙镜身边,先前冲进密室的勇气全都不见。毕竟她是看见过头变成白骨还能走动的家伙,面前的白骨手,会不会也突然动起来?

缓缓关闭的入口在这刻完全合拢,然后发出"喀喀喀"几声轻响。听见这声音,孙镜整个人都是一抖,猛反身扑到绞盘边,带起的风让烛火一阵摇晃,差点就灭了。

徐徐的注意力全在白骨手上,身边孙镜这么一动,忍不住惊呼出声。

孙镜抓着绞盘用了几次力,却徒劳无功。他转回身,脸色在忽明忽暗的烛火下看起来有些可怕:"太大意了,看来我们被困住了。"

"锁住了?"

"嗯,我现在知道旁边的圆孔派什么用了,插钥匙的。"孙镜说着两步踏上楼梯,用拳头砸了几下头顶堵上入口的移板。

"是钢板。"他摇摇头,跳下来。

徐徐这光景却反倒镇定下来,说:"先看看里面是怎么回事吧,这个地下室是用隔潮层改的,顶上的地板和隔水板烂得我用高跟鞋就能踩一个洞,我就不信他能用钢板把顶都封住。你带了手电吧?"

孙镜外套里的马甲上有四个口袋,他拿出两个小手电,和徐徐一人一把,拧开开关,往白骨手的后方照去。

这是具穿着灰布衣服,脸冲下扑在地上的骷髅。一只手向前伸,另一只手横着伸出去,爪子一样抠在地上。

"他的脚呢?"徐徐失声问。

孙镜手里的手电光圈和徐徐的合在一起,集中照在了骷髅的下半身。他黑色的裤管瘪瘪地贴在地上,裤管下不但没有鞋,连应该有的脚骨都不见。

他的脚去了哪里,难道他是个残疾人?孙镜按下心头疑惑,先把手电光柱往更里面照去。

里面要比他们站的地方更低一点,但并没有挖得很深,总高不超过一米二。人在里面只能坐着,移动时得蹲着挪或者爬,连弯腰走怕都很困难。

这个地下大厅是椭圆形的,在大厅中央有个月牙形半米多高砖砌的东西,孙镜不知该怎么称呼它,矮台?

大厅周围,可以看出原先的格局是两边各有十间左右的砖砌无门小室,半月形相对,拱卫着中间的月牙小台。之所以说原先的格局,是因为这地下大厅就像被一场大风暴袭击过一样,约三成小室的砖墙都残缺了,碎砖飞得到处都是。

小室基本是空的,手电光这么粗粗一照,尸体并不止眼前这一具。

这里不应该是实验者们秘密聚会的地方吗,究竟发生过什么事情?

"你看,这人胳膊上还戴着袖套。"徐徐指着面前的死人说,"只有在八十年代初人们才戴这玩意儿。"

"也许更早。"孙镜说着,伸手把这具骷髅翻过来。

身体翻过来了,脑袋却掉下来滚在了一边。他穿的是件中山装,在左胸的地方,别着一个毛主席像章。

"你知道哪个年代人们会在胸前别这个?"孙镜问徐徐。

"'文革'。"

"是'文革'前期。确切地说,从1966年开始兴起,1967年、1968年、1969年是最盛行的三年,那时候不管男女老少,出门都会别。到'文革'中后期就不太看见了。你猜我想到什么了?"

"1969年。"

"对。那几个神秘人把头骨送还给欧阳文澜,看起来是实验组内部有了……"

说到这里,孙镜突然住口。

有声音。

脚步声。

两人屏住呼吸,倾听着这轻微脚步声的来源。

是上方,但不是正上方,像是有人走在其他房间里。在这样的地下空间里,头顶上地板的震动可以传很远。

只有一个人。会是发短信的人吗?孙镜和徐徐互视了一眼,都不敢说话,静候其变。

半只耳走进十四号的时候,左边的门大开着,所以他就先进了这户。

早年一次炸岩时,他右耳耳垂被飞溅的锐石削没了,但现在,他已经是工程队里最有经验的装药师。

今天要炸的四幢楼在小街尽头两两相对,每幢的建筑格局都一样。装药点是他自己测定的,所以洞打在哪里很清楚,直接就奔着去了。

走到"天道酬勤"那四个字前,他愣了一下,一把将纸撕下来。在纸后面,是整整齐齐四排共十六个装药孔。

"谁这么无聊。"半只耳低声咕哝着,也没多想,开始装药塞雷管。今天的活很简单,楼不算大,要装的药不多,主要在一楼,费不了多少时间。把算好的支撑墙炸了,整幢楼会因为自重自己垮塌下来。

地下大厅里非常安静。上面的脚步声没了,但那人还在,时时有轻微震动传来,不知道他在干什么。

两根手电光柱交错着移来移去,在地下大厅的各个角落游荡。另两个死者离月牙台不远,扭抱着倒在地上,看不清具体情况。

"我有不太好的感觉。"徐徐压低声音在孙镜耳边说。她指的是上面那个人。

"你有什么主意,大喊大叫让他知道下面有人?"

徐徐不出声了,不知道上面到底是什么情况,也许他们只能这么悄悄等着。

脚步声再次传来,这一次,声音逐渐远去。

两人松了口气,手电光从大厅深处收回来,注意力再次集中到面前骷髅的下肢上。

眼前这一米二高三十平米大的空间,是滋养了许多神秘的巢穴,想要挖出秘密,不进去当然是不行的。孙镜蹲下身子往里挪,才几小步就觉得实在不方便,索性手足并用爬进去。爬到骷髅下半身旁他停下来,在死人裤管上摸了几下,没感觉到腿骨。徐徐也跟着爬了进来。

孙镜把手电放在一边,捏着骷髅左腿裤脚管一扯。这布摸上去感觉有点奇怪,腐朽的程度比中山装严重得多,这一扯还没用上力,手指捏的地方就碎了。他连抓了几把,很快膝盖以下的裤管都没了,里面空空如也。

再继续往上扯,孙镜忽地吸了口冷气,徐徐也惊叫了半声,连忙用手把嘴捂住。她倒还记着用手背捂。

这死者并不是没有下肢,而是他的下肢太小了。

小到从他的大腿骨小腿骨直到脚掌,长不足一尺半。

这样严重的畸形,他们谁都没有见过。

"不对,他原本不是这样的。"徐徐突然说。

孙镜立刻反应过来,如果这人先天畸形,怎么会穿着一条正常人的长裤?

他又把另一边的裤管扯下来,两条腿一般的幼小。

拿起手电仔细照看骨骼的形状,发现非常完整,除了大小,其他和正常人的腿没有两样。这在畸形人身上是不可能的,必然存在骨骼变形的情况。

"难道,是因为外力才变成这样的吗?"孙镜低声说,"很短的时间内变成这个样子,他是因为这死的?"

徐徐想去摸这腿骨,手伸到一半又缩了回来。

"我来。"

孙镜说着先用手电柄拨了几下,让骨头分开,伸手捡起和他中指差不多长的左小腿骨,掂了掂,然后扔回地上。骨头和地面碰撞的声音,就像是金属做的。

"和正常腿骨差不多重。"孙镜说。

徐徐张了张嘴,没说话,却打了个寒战。

在这一刻,徘徊在周围黑暗中的诡异气氛,潮水一样把两人淹没。

童年时的大病、甲骨学传承以及先人们的死亡,这固然是常人难以想象的异常事件,但孙镜却是直到最近才回溯出头绪,是间接式的发现。可两人现下身处的空间里,匪夷所思的景象就摆在眼前,带来的震撼无可阻挡地直击过来。而这具尸体,才仅是个开始。

这人的下肢是在多长时间里变成这副模样的,十分钟、一分钟还是一秒钟?骨头被压缩了,那么附着其上的皮肉呢?他的直接死因是大出血吗,从急剧缩小的下身和上身的断裂处喷涌而出?

最后这个问题是有答案的,孙镜刚才扯裤子时已经感觉到了,整条裤子都被血浸透过,只是因为裤子原本的颜色和偏暗的光线,才没立刻发现。现在用手电照照,地上一大摊干涸的血印。

还有,他是被突然袭击的吗,他自己的神秘力量是什么呢,他有没有反击?

掏掏中山装的口袋,什么都没有,裤袋里也是。

"记着不要用这只手碰我。"徐徐说。

孙镜一笑,她竟还记得这些,看起来精神状态在度过一次危机后,反更坚韧了。这样一想,他也松弛了些。封闭环境里两人的情绪很容易相互影响,哪怕是故作轻松也好,否则承受着这里无形的压力,碰到变故时反应会变慢。

虽然造成眼前一切的事件可能发生在四十年前,但既然事情是如此不可思议,就不能用常理推测,也许四十年后依然有危险潜伏着呢。何况还有那个发信人,孙镜相信他必然会在某一刻突然出现。

"去里面看看,小心地上的碎石头。"孙镜说。

"早知道该绑护肘护膝来。"徐徐用手电照着孙镜的屁股,觉得自己也一定很狼狈,要是有人在她后面看的话。她突然转回手电往后一照,什么都没有。

"别自己吓自己。"孙镜注意到了她的小动作。

月牙台边,那两个抱着死的人里,有一个是女人。

能够快速辨认出这点,是因为她大多数地方都已成了骷髅,但还剩了一双手。

她仰天被扑倒在地上,姿态似乎有些暧昧,但一双手却死抠住敌人的背,手背上青筋浮现,把那人的中山装和衬衣都抓出大洞,更可能抓进了背肌中。不过如今,再强健的背肌也早变了尘埃。

这双手很纤细,很漂亮。孙镜伸出食指按在青筋浮起的地方,温凉,有弹性。

整只手仿佛长在活人的身上,但在手腕部分,皮肉明显开始腐败,再往上几厘米就是白骨。

孙镜观察健康与腐败皮肤的交界处,又用手电照着她的上臂骨凑近了细看,伸出手指在白骨上抹了抹,放到鼻前闻味道。

"你敢伸舌头舔,出去我就和你绝交。"看不下去的徐徐说。

"你要学会尊重我的专业。"孙镜说,不过他终归没有伸舌头。

"专业告诉你什么?"

孙镜指着上臂骨近手肘的地方,说:"从这里开始,腐烂的速度变得非常缓慢。这表明她双手手掌和大半个小臂的细胞拥有惊人的活力,哪怕在人死之后也还是这样。你看,已经开始腐烂的手腕连蛆都没有。"

听到蛆的时候,徐徐嫌恶地"噫"了一声。

"看这双手的年纪,只有二十岁左右。但我猜手主人的实际年龄要大得多,因为细胞的活化而让手保持在了最佳状态。这应该就是实验带给她的能力了,可惜除了烂得慢点没什么用处。"

"谁说的,这可是所有女人最想要的能力。要是全身都能这样的话……"徐徐幻想起来。

孙镜忍不住笑了:"如果她是和我曾祖父差不多时间加入实验,如果这些人的死亡时间的确是1969年,那么她花了三十多年才让自己的小臂年轻化。"

"她不会超过三十五岁。"徐徐说,"一个五六十岁的女人要是有这么一双手,外出一定会戴手套。在这种可能要爬的环境里,你觉得她会先把手套拿下来?"

"也许是仪式需要。"孙镜不想承认自己没想到这点,"反正人已经死了。还是看看他们两个到底是怎么死的吧。"

他们此前的注意力完全被这双手吸引了,现在转到死因上,第一感觉是看不出有什么明显的致命伤,第二感觉是这两个人好像抱得太紧了些。紧到两个人叠在一起的厚度,像是只有一个半人似的。

那双还很"新鲜"的手已经把压在她身上男人的衣服撕破,孙镜索性将他背上的衣服都扯下来,透过背后肋骨的空隙,死因立刻出现在两人眼前。

这一对男女胸前的衣服支离破碎,各自的胸骨肋骨竟然交错在了一起。孙镜和徐徐怎么都想象不出,这样的情况是怎么发生的。并不是骨头被压断破碎才刺入对方身体,而是保持完整的嵌到对方的胸腔内。用手电仔细照照,甚至看见有几截肋骨和胸骨长到了一起,好像是连体婴儿一样。

"这……算是什么能力?共生,不,是共死才对。"徐徐喃喃地说。

"他们从来就没法选择出现在自己身上的能力。"孙镜说。眼前的情景可怕但更恶心,他不想多看,更不愿意去猜想当时两个独立个体相互嵌入的过程。

和孙镜一样,徐徐也把目光从纠缠在一起的白骨上飞快移开,转向旁边的月牙台。在格局上这是地下大厅的中心,做成这么个形状,总有其意义。

只是等孙镜几下爬到台边,略一打量,就"呵"了一声。

哪里有什么意义,这台子原先做成的时候,根本就不是月牙形的。

紧贴着月牙内凹面,还残留了薄薄一层地基。这层地基和月牙合起来,是个完整的圆。这分明就是个用红砖砌起来的圆台,但是一大半却不知被什么给"吃"了去,切面极其平整,甚至可以说平滑了。圆台上还有个铜盘,现在也一样只剩了月牙状的一小半。

"用什么方法可以这样切割?切下来的部分呢?"徐徐问。

"和前面三个死人一样,你觉得这种问题会有答案吗?"孙镜的手指轻轻敲打铜盘,发出哑哑的声响。这东西是固定住的。

徐徐见他眼睛眯起来,似闭非闭的样子,问:"你在想什么?"

"我在想,发生这一切的那刻,这地下室里的混乱情景。在某一个清晨、下午或夜晚,那些人走进壁橱,爬进地下大厅,一个个找到属于自己的小屋子。也许他们会在自己身前点上一支蜡烛……"

随着孙镜推测式地缓缓讲述,徐徐仿佛能看见当时的景象。

每朵烛火后都坐着一个人。他们看不见身边一墙之隔的人,也看不清对面烛火后实验者的面容。但是他们可以看见中央的圆台,那儿也该点着蜡烛吧。而在圆台上的铜盘里会放着什么,有比巫师头骨更好的答案吗?

如果是欧洲实验者们的模式,那么将有一个不知坐在何方的主持者,听着聚会者们一个个述说神秘力量降临的进展情况。但在这儿既然造了个放置巫师头骨的圆台,就应该另有专为东方实验者们准备的仪式,一个和甲骨、巫术有关的仪式。

然而,不知因为什么原因,变故突然发生了。实验者们肆无忌惮地在地下大厅里挥霍神秘力量,有人受伤,更有三个人瞬间死去,圆台消失了一大半,许多小室的砖墙倒塌下来……

幸存的人决定放弃巫师头骨。

"不对。"说到这里,孙镜睁开眼睛,摇了摇头,"如果放弃巫师头骨,那么说明头骨和这场变故有很大的关系。"

"一定有关系。"徐徐说着,往里爬去。所有的争斗像是都发生在靠出口的这半边,里面的隔间保存得比较完整。

孙镜看着徐徐往里爬,突然挺直身体,他本是弯腰跪在地上,这下子头撞到顶上,"砰"的一声闷响。听声音,顶上像是铺了层预制板。

徐徐回头问:"你干吗?"

"我想到了。"孙镜说着把手电的光打到徐徐前方,"你看,你正前方并没有隔间,左右两列汇合的地方留了差不多三个隔间的空,并没有连成整体。这天然就把聚会的人分成了两派,有必要把地下室造成这个样子吗,除非他们原本就不是一组实验者,而是两组。"

"两组?你是说两组之间有冲突所以才……"

"是的,一定是这样。赫定认为甲骨对实验有推动作用,但这是他的猜想,要确认猜想,就要实验,要有对比的实验。我们本以为是中国实验者来对比欧洲实验者,但如果在中国就分成了两组来实验,也合情理。一组用梅丹佐铜牌进行仪式,另一组用巫师头骨进行仪式。要是用巫师头骨这一组的效果特别好,比如可以掌握降临在身上的神秘力量,那么另一组会不会觉得不公平?"

"当然会,甚至巫师头骨那一组内都会有矛盾,因为头骨只有一个。如果能掌握超人的力量,而不是乱七八糟的倒霉诅咒,这种诱惑足以让所有人发狂。所有人,你我都不会例外。"

"矛盾积累得越来越深,终有一天爆发出来。不过看情况并没有弄到不可收拾,巫师头骨被捐献给国家,谁都不拥有它,这应该是一个妥协。"

"可现在上博的巫师头骨是假的。"徐徐爬到三分之二深的地方停下来,挺起身子用手电往周围的小室里一扫。

"啊,又有个死人。"她说。

孙镜想着假的巫师头骨意味着什么,一时有点走神,这时忙往徐徐那边看去,却骇然见她向前扑倒,手电滚落在地上。

一股微风起自地下室最深处,吹过孙镜面颊。

小街尽头,半只耳早已装药完毕,他徒弟负责对面两幢楼,比他慢不了多久也装好了。

隔离带又向外扩了一圈,负责起爆的工程师对旁边的交警指挥说:"可以交通管制了吧,再半小时就起爆了。"

交警拿起步话机,指挥附近的同事开始管制。

工程师低头看表,片刻之后,他抬起头对报时员说:"倒数半小时,现在开始计时。"

地下大厅一片死寂。

孙镜没有立刻扑过去,而是稍等了一会儿。他没看清徐徐是怎么倒下去的,然而刚才突兀刮起的风,让他记起了徐徐说过的话。

是……鬼吗?

手电光在徐徐周围游动,有几个隔间被阴暗包裹着,从孙镜的位置照不进去。什么动静都没有,好像徐徐是自己倒下去的一样。

孙镜把手电叼在嘴里,朝徐徐慢慢爬过去。和之前的姿势不同,这次他手脚着地,弓着腰,肌肉保持紧张状态,一旦发现不对可以迅速做出反应。

直爬到离徐徐脚跟不到两米远,孙镜停了下来。他把手电从嘴里拿出来,这个位置差不多可以把附近的暗处都照清楚了。

刚抬手拿下手电,一股怪风就迎面而起。他的眼睛下意识一眯,瞥见风卷着什么扑着脸就来了。

他及时用手电一挡,那东西挂在手电上,没发出一点声音,却有刺鼻的气味被风送到面前。孙镜脑袋一晕,连忙闭住呼吸,心中却是一块大石头落地。

这是一块浸透了强力致晕药剂的湿方巾,会使用这种下三烂玩意的,当然不会是鬼怪。

孙镜一抖手电甩开方巾,迎面的风突地猛烈起来。他忙向侧面一滚,差不多同一时候,"啪"一声响从先前他的位置上爆出来。

孙镜听声音就知道是什么玩意儿,心里骂一声,立刻再翻了一圈出去。翻滚的同时伸手从马甲口袋里掏出个手机大小的东西,随便往旁边一刺。

又是一声爆响,几乎和刚才那声一模一样,耀眼电弧闪过,余音在大厅里回响。

孙镜不指望能电到袭击者,这只是一种震慑,告诉那家伙,电击器你有我也有。

风停了。

在徐徐的旁边,蹲着一个穿着黑风衣的人。他的风帽压得很低,孙镜的手电光只能照见他下半张脸。

当然,是脸,不是白骨骷髅。

"果然是你,文主任。"

文贞和哑哑干笑起来,把风帽摘下。

"你不太守信用,所以我先放倒了一个。"他说,"不过有徐小姐在,你们还这么慢才找到这里,可让我急得很。"

"如果你等得急,就该早点在短信里写清楚,有个拿壁橱当门的鬼地方。"

孙镜想让气氛缓和一下,因为徐徐就躺在文贞和脚边,已经成了人质。要解救人质不那么容易,在这个低矮的地方,只有天生用四只脚走路的生物才能发挥出正常速度,而他嘛,在扑过去之前,文贞和有大把的时间做出反应。

"如果还等不到你们,我可能真就这么干了。"文贞和说,这话里的含义,只有他自己明白。

"这么说,韩裳死的那天,徐徐看见的就是你了。"孙镜盯着文贞和,"你的脑袋这么小,肩膀一耸起来,穿着这么件大风衣,头顶就在领口下了。"

"哦。"文贞和不置可否。

"被你顶在头上,裹在风帽里的那颗脑袋,是巫师头骨吧,我是说,真的巫师头骨。"

文贞和微微低着头,保持沉默。

"你的能力和风有关吧,这么费周折地带着巫师头骨杀人,看起来那玩意儿可以让你的能力发挥得更出色。要把大花盆吹歪,刚才吹我那点风力可不行。不过我不太明白,你为什么要把门打开露一下面呢,这是不是你能力的限制?好在顶着个骷髅头,就算有人看见也会吓一跳,注意不到你躲在领口下面的真脑袋。"

说到这里,孙镜一笑,又说:"不过看起来文老师还是个做学问的,不太干这种事情。否则也不会躲在地下室避风头的时候,听见徐徐走进来的脚步声,才想起没把自己脚印处理掉,急急忙忙出来把她吓走。

这扮鬼的人,自己也不轻松啊。"

文贞和翻起眼睛,又用干涩的嗓子笑起来:"可真是不得了,就像被你瞧见一样。刚才我听了这么会儿,连四十年前发生的那些,你才看几眼就能说个八九不离十,真是不得了。"

"文主任这样说,让我无地自容了。我们还假模假样地来博物馆找你合作,你第一眼就把徐徐认出来了吧,看我们这样表演,肯定觉得很有意思。"

"这你就猜错了,那天我脸藏在风衣里,只露领口一个小缝,匆匆忙忙的根本就没看清楚徐小姐的脸。倒是你,额头上那块护创贴,嘿嘿嘿嘿。我再仔细瞧瞧徐小姐,这才又把她认出来。"

孙镜闷哼一声,原来问题在自己身上。刚被敲了闷棍,就顶着头上的大包打算去骗敲棍的家伙,自己做的事情还真够可笑。

徐徐的手电掉落在地上,依然打开着,光柱斜斜从文贞和身边划过。文贞和右手一直握着电击器,左手在说话时却向手电前方伸了伸,像是很随意的一个动作,但立刻被孙镜注意到了。

在这种情况下会有什么随意的动作?孙镜不相信,但一时却猜不透用意。

文贞和没有进一步的举动,不过在他说完刚才最后一句话时,却侧了侧左手手腕,眼神向那儿一瞟。

难道他在看表?孙镜忽然闪过这个念头。

但他为什么要看表,他是在赶时间,还是要拖时间?

孙镜假作随意晃了晃手电,光柱在文贞和的右手掠过。他把电击器握得很紧,甚至在手电光晃过的时候,还微微一动。

这是蓄势待发！他一定在赶时间。

敌人赶时间，那么自己就该反其道而行，把他多拖一会儿，可能就会出现有利自己的变数。

"幸好我也带了电击器，不知道文主任对这东西有没有研究，很多人都以为电压越高越好，其实那些号称三百万五百万伏的，都是银样镴枪头，不中用的。这电击器厉不厉害，还要看功率到底有多少。"孙镜说着，晃了晃手里的电击器。

"是嘛。"文贞和淡淡地说，不为所动。

"看来文主任今天请我来，不是准备把我电晕，就是准备把我迷晕。能不能告诉我，要是晕了之后，您打算干什么，杀了我？本来这地下密室，死个把人几十年都发现不了，就像那三位一样。但这条街可正在拆，能瞒多久呢？还是说，您有把握再搞个像砸花盆一样的意外事故出来？不过现在我们来了两个，这意外还搞得成吗？"

"你不是很能猜吗，你可以猜猜看。"

"其实我倒是更好奇四十年前这里发生过的事情，是三十八年前，1969年，没错吧。文老师那时才二十岁，就已经加入实验了吗？"

"那时我是最年轻的一个。"

"能告诉我，您是怎么加入实验的吗？看来在斯文·赫定离开中国之后，你们又多了不少新成员啊。"

"你的好奇心太重了，这和你没有关系。"

"怎么会没关系，你知不知道，我的曾祖父可就是孙禹呢。这个地方，他来的次数可能比你还多，毕竟六九年之后，你们就不再使用这个地下室了吧。整幢楼都搬空了，看来当时这楼上楼下住着的，都是参加实验的人啊。这些人后来还互相联系吗,你说要是其他人知道你又重新回到这里,知道你居然把上博的巫师头骨换成了假的,会有什么反应?"

"你还真是话多,不过说话的时候,能不能老老实实的?以为我没发现你在慢慢往前挪?"

"噢,没问题,如果你担心我可以退回去。"

"如果你把电击器扔过来,我就不怎么担心了。"

"什么?"孙镜失笑。

文贞和看着他,忽然把电击器按在徐徐的手背上,"啪"地电弧闪动。尽管在昏迷中,徐徐的身体还是明显抽动了一下。

孙镜的眼皮一跳。

文贞和笑了,他抓着徐徐的肩膀,把她翻过来,电击器点在她左胸上,慢慢画了个圈,又向下按了按。

"弹性很好嘛,你试过没有?现在,把电击器扔过来。或者你想让我在她心脏上再来一下,你觉得她能挺几秒钟?"

"接着。"孙镜一扬手就把电击器扔给了文贞和。

文贞和没想到孙镜忽然变得这么爽快,稍一愣神,想要去接,忽地又明白过来根本不用接,就让它掉在地上好了。

孙镜看他侧身一让,手里的电击器离开了徐徐胸口,立刻把手电向他的头奋力一扔,然后豹子一样扑过去。

手电正中文贞和的脑袋,这手电虽然不是金属做的,但孙镜用足了力气,挨上了绝对不轻。

文贞和一声痛嚎,然后就起了风。

迎着孙镜脸吹的大风,他虽然强睁双眼,但两支手电都散落在地上,文贞和的身影看不清了!孙镜没有一点犹豫,照着他原先的位置就是一拳。

打空。

黑暗中闪起电弧,击在孙镜的右上臂。他全身一麻,力气瞬间被抽空了。那一声爆响现在才传到耳中,像是延迟了一两秒钟。

如果是孙镜自己的那个电击器,现在他已经被击倒了。但这个的功率明显弱了一等,又是击打在效果最弱的四肢上。

但孙镜一点都高兴不起来,他知道自己在这一两秒钟里没法控制身体,接下去的几秒钟也会行动迟缓。这点时间,足够文贞和再电几下了。

只要再挨一下,就等于会再挨十下,那意味着彻底完蛋。

可是他现在却一点办法也没有。实际上,在这样的环境里,当他挨了第一下之后,一切就注定了。

文贞和被手电砸在嘴上,满口的咸腥。他咬着牙,一手撑地,另一只手握着电击器,就要再给孙镜一下,腰眼却突然被狠狠踹了一脚。

"你个老王八蛋敢吃老娘豆腐,我打不死你!"

文贞和被踹倒在地上,他毕竟是个快六十的老头子,捂着腰缩成一团,电击器也扔了。徐徐一骨碌翻过身来,冲过去就是一顿乱拳。

"叫你摸我,叫你电我,当我死人啊,不知道医院用电击救人的啊,电你个白痴。"

孙镜缓过劲来,文贞和却已经被电活过来的徐徐搞定。

"喂,停一停,他好像不动了。"

徐徐摸摸他鼻息,顺手又扇了他两耳光,说:"晕了而已,真是不禁打。"

孙镜捡起手电,把两个电击器都收好了,坐在地上,这时才感觉心脏跳得飞快。

徐徐也坐下来,开始急促地喘气。

孙镜去握她的手,冰凉冰凉的。

徐徐"嘶"地抽了口气,手一抖。

孙镜忙松开,问:"你怎么样?"

"手上一点点灼伤,没事。"

两人这么坐了一会儿,才感觉力气又逐渐回来。刚才真是险到极点,要是两人都躺倒了,也许就再也没有睁开眼的机会。

"他怎么办?"徐徐问。

"我们先想办法出去再说。"孙镜说着去掏文贞和的口袋,果然在他内衣口袋里发现了一把大铜钥匙,看看形状正能塞进密室入口的锁孔里。

"至于这老家伙,要想拿到真巫师头骨,还得着落在他身上。不过现在带出去有难度,我可不想对那两个家伙说,其实我落了个人在家里忘了带走。"孙镜说。

"得到晚上才方便些,反正我们把门一锁,他醒过来也出不去。没了电击器和湿手绢他就会吹吹风,翻不出花样来。"因为被狠狠吓过,现在徐徐对文贞和的吹风本事特别看不上。

文贞和的手机先前已经被搜出来扔在地上,孙镜拿电击器一戳,"砰"一声爆出好些火星。

徐徐眼疾手快一下把手机拨远,还被残留在上面的电流电了一下。

"电池会炸的,再说这手机不能留给他我们也可以带出去卖掉,蚊子小也是肉嘛。"

"这样干脆。"

"我看你是耍帅,谁吃你这套,走啦。"

说是走,其实还是爬着出去。拿铜钥匙开了锁,两个人先后从壁橱里爬出来,都禁不住深深呼吸。

重新锁好机关,关上壁橱门,徐徐走到房间中央,重重一踩地板说:"这下面就是文老头的脑袋。"说完她又狠狠踩了一脚。

孙镜一笑,走出门去。

走廊上,经过一间房间,孙镜还记得来时看到过的"天道酬勤",顺便看了一眼。然后他的脸色就变了。

他终于知道,文贞和在急什么。

"倒数一分钟。"报时员说,"五十九,五十八……"

工程师把手覆在了起爆器上。

警戒线外一众围观的路人都翘首以待。

"快走!"

孙镜一把拉住徐徐的胳膊:"外面一定围死了,不知多少眼睛盯着,这么出去怎么解释?"

"解释重要还是命重要?"

"我们回去,文贞和要是能顺利把我们干倒,绝对不会这样出去的。密室里一定另有出口。"

徐徐瞪着孙镜:"你要赌这个,就算有出口我们能在起爆前找到?"

孙镜瞪着她。

徐徐一跺脚:"好,赌了。"转头飞奔而回。

开锁,死命地转木把手,通道打开的速度却让人觉得慢到要死。

根本就没耐心好好走楼梯,徐徐一下就跳了进去,会不会崴到脚已经顾不上了。虽然他们不知道离爆炸还有多久,但谁都只有一条命。

"老王八蛋装晕。"孙镜刚准备往下跳就听见徐徐在下面骂。

等他到了下面,就看见绞盘边另开了个密门,文贞和显然已经从里面溜了。

"幸好他装晕,还真不笨。愣什么,快进去。"

说是密门,其实就是个洞。徐徐和孙镜一前一后,努力向前爬。

地下大厅是利用隔潮层建起来的,这个洞也是。深挖地下大厅的时候会掘出大量土石,看来为了掩人耳目,当年这些土石并没有运出去,而是填在了其他房间下的隔潮层里,只留下了这条不知通往何处的通道。

爬了片刻,徐徐在前面叫起来:"我看见他了,老王八蛋爬得可真够慢的。"

先前孙镜和徐徐本就没有在上面耽搁多久,而文贞和挨了一顿老拳,虽然是装晕,但行动起来也不利索,爬洞的时候腰一扭就剧烈疼痛。他是知道预定起爆时间的,早就拼了命在爬,这时尽管听见后面徐徐的声音,却也没法再快了。

但是逃生的希望就在前面,文贞和已经看见铁盖子了。铁盖旁就是防空洞入口,上个世纪上海的地下建了大大小小不知多少防空洞,有的大、有的小、有的相互连通。

文贞和万幸自己事先考察地形的时候,已经把铁盖挪开。越靠近盖子,洞穴通道就越宽敞,他终于能弓起背,用两倍于先前的速度,飞快爬到铁盖子旁。

徐徐和孙镜这时也差不多追到文贞和屁股后面,猛然间,一声闷雷响起,整个通道都摇晃了一下。

承重墙被彻底摧毁,三秒钟之内,整幢楼垮了下来,笼在烟尘中。

对于徐徐和孙镜来说,这三秒钟被密集的雷声塞满,那是砖混结构大楼崩散坠落的声音,数百数千斤的断墙相互撞击发出的闷响连成了轰隆隆的一片,如果没有坚强的神经,仅仅这狭小地洞里的声浪就能让人晕厥。

有些人在这种情况下会瘫软在地,有些人则会爆发出几倍的力气。幸好孙镜和徐徐都属于后者,通道地震一样晃动随时会崩塌的三秒里,他们向前爬的速度反而提升了一截。孙镜的脚一重,后面已经垮下来了。他拼命一挣,终于松脱出来,鞋却留在了土里。

徐徐已经爬到文贞和身边,一根裹了些水泥的粗大钢筋从上面直插下来,从他的腰椎处透入。全是血,但他一时还未死,这最后的一刻反不再哀号,而是低低咒骂。

"他妈的,他妈的,他妈的,早了两分钟。"

"下次学会对表。"徐徐毫不怜悯,扔下话就进了防空洞。

文贞和厉咳起来,跟在徐徐身后的孙镜瞧了他一眼,正要离开,却觉得文贞和盯着自己的眼神有些异样。

"有什么想说的吗?"孙镜问他。

文贞和停了咳嗽,气息愈见微弱。

"六九年,我没在这里。"他轻声说。

"你想说的就是这个?"

"快点下来!"徐徐在下面催他。

文贞和侧着脑袋,给孙镜挤出个笑容:"我……我喜欢……漂亮女人。"

真是见鬼!孙镜跳进防空洞的时候想。临死了这老头还在说什么浑话。

人性是最难以捉摸的。永远不要自以为足够了解它,否则你将犯下比青涩莽撞时更危险的错误。

十、兆 纹

孙镜半靠在床上,看着徐徐临走前帮他拿上来的早报。

从昨天下午直到六小时前,他从未试过这么疯狂地做爱,感觉不错。不过更能让他回味的,还是密室里的一小时。

报上没有关于小街的消息。建筑队可能还需要一两天才会把现场清理干净,然后他们将发现文贞和的尸体,还有地下大厅里的白骨。

那双不腐烂的手,现在也该被压烂了吧,不知警察能不能发现这三具白骨的特异之处。恐怕他们确认文贞和的身份,都需要一段时间。

大概除了自己和徐徐,没人再会知道真相了吧。

孙镜把枕头调整了一下,好靠得更舒服些。他一时还不想起来,窗帘拉开了一半,刚下过雨,现在却又出了很好的太阳,阳光照在被子上,连空气里的微小尘埃都清晰可见。

孙镜放下报纸,看着空中飞舞的灰尘发呆。

隐隐约约里,他总觉得什么地方不对劲,内心深处有某种不安潜伏着,哪里有问题?

是文贞和最后两句莫明其妙的话吗?

混沌中一时理不清头绪,孙镜按下心思,随手从床边拿过一本杂志,翻了几页。

这是本以城市消费信息为主的杂志,有三分之一的篇幅是美食。孙镜还没吃早饭,看着图片肚子就饿起来。他翻到餐厅推荐,准备选一家今晚和徐徐去吃。对徐徐来说,大难不死需好好放松;对他自己来说,要充分享受生活,冒险只是生活的一部分。

其中一家餐厅的名字很熟悉——临水轩。孙镜想了想,记起欧阳文澜的野菌美味就是拜托这家的厨师做的。

但看杂志上的介绍,这是家粤菜馆子,怎么厨师会做云南美食?不,应该反过来,欧阳文澜怎么会知道一家粤菜馆的厨师会做云南菜?

孙镜把手上的玉戒指转了几圈,照着杂志上刊载的订位电话拨过去。

"不,我不是订位的。我有个朋友专门从你们店里定做食物,我不知道菜名叫什么,用一种云南野菌做的。可能的话我也想要一些。"

"我们是粤菜馆,没有云南野菌类的菜啊。您是不是搞错了?"

"噢,能请你们厨师接听吗,我给他具体形容一下。肯定是你们餐厅,我见过送菜的面包车上写着你们的店名。"

"这个……"听起来那头正打算把这个电话挂掉。

"或者你有印象,我朋友是位九十多岁的老人,叫欧阳文澜。"孙镜补充。

"九十多岁?噢我有印象的,不过……我们是有一位长期定制食品的九十多岁客人,但他定做的是猫脑,不是什么野菌啊。"

孙镜一下子翻身下床,被子也掉了一半在地上。

"喂?"

"……谢谢。"孙镜挂了电话,一股寒气直逼上来。

原来是猫脑!

欧阳文澜养了一群猫,总是新来旧去地换,原来他吃猫脑。

信任就像堤坝,看似坚固,但只要溃了第一个小口,就会在转眼间垮塌。

当信任不再,疑惑一个接一个地冒了出来。

孙镜总算知道自己为什么不安了。文贞和在第一时间就识破了自己和徐徐的把戏,而去找欧阳文澜实施"第二个计划",却是源自文贞和的提醒。

这绝不可能是个善意的提醒!

想想他们第一次去见欧阳文澜时他的反应,关于巫师头骨他什么都没有说,却反而问自己知道多少东西。这是在探底细啊,可是自己去了次精神病院就脑抽风地把什么都说了。

对了,韩裳这个名字,还是欧阳文澜自己先提及的,那就是为了把话题引到他想知道的东西上。韩裳真的拜访过他?这么一个从赫定手里买下头骨的重要人物,就算见面什么都没问出来,也该在口述录音里提一句吧。恐怕文贞和并没把她介绍过去,韩裳想见却被拒之门外,或者她根本就还没打听到欧阳文澜住在哪里。

徐徐向欧阳几次提起贺寿甲骨展,他一直不表明态度,直到自己把曾祖父及韩裳的事情都说了之后,欧阳文澜才松口同意。那个时候,他想必已经下决心动手解决麻烦了。

而解决这个麻烦,就是把自己骗到小街十四号的密室,等文贞和把自己放倒之后,被爆破垮塌的大楼压死。这就和韩裳被花盆砸死一样,不会有任何麻烦。甚至为了确保在收到短信后自己一定会赴约,他还特意透露了十四号是实验者聚会场所的秘密。

而在徐徐就是……在徐徐就是……

孙镜蓦地跳起来，用最快的速度穿好衣服，冲出门去。

徐徐答应了帮欧阳文澜完成一个祈寿巫术，这个巫术是要用到巫师头骨的。虽然前天保险箱里的头骨是假的，但真的……真的在欧阳文澜手里，不是文贞和！

这到底是个什么巫术？

短信里强调了让他一个人去，而在同样的时间段里，欧阳文澜请徐徐去帮他筹备这个见鬼的巫术！

要不是欧阳文澜不清楚徐徐和他的关系，要不是徐徐前天晚上和他睡在一张床上，她一定会去欧阳家的。

太蠢了，欧阳文澜说起他对巫术的研究时，自己就该警觉的。他对商代巫术做了这么深的研究，如果真是一个好名之人，怎么可能不发表出来。著书立说，还有什么比这个更能博声名？他不做，一定有理由，一定有蹊跷！

现在想来，这都是漏洞，当时竟然全无所觉！

孙镜风一样跑出弄堂，跳在一辆空出租车前。

"你不要命啊。"司机第一次对乘客这么不客气。

"一刻钟，复兴路，两百块。"

油门在下一秒钟轰响起来。好乘客，司机想。

昨天徐徐没去欧阳家，从防空洞逃出来后，她特意打电话给欧阳文澜道歉，说好今天上午去。她已经去了多久？起床的时候孙镜还在睡着，根本算不清楚时间。半小时，一小时，一个半小时？

什么筹备巫术,如果欧阳文澜提出让徐徐配合着预演一遍,她是绝对不会拒绝的。

1969年,文贞和不在地下大厅里,欧阳文澜却一定在。文贞和只是一个新加入的实验者,而且肯定是个隐秘的不为大多数实验者所知的新人。

所有实验者都想要独享巫师头骨,正是因为这个原因它才被捐给国家,没人能得到它,这是冲突平息的前提。既然这样,实验者们绝不可能容忍任何一个同类处在如此接近巫师头骨的位置上。

肯定是某个有野心的实验者为了得到巫师头骨,秘密发展了文贞和。这个人除了欧阳文澜还能是谁?

一个个细节在孙镜的脑中闪过,迅速拼接在了一起。太可笑了,精心设计的骗局,所谓的寻找人性弱点,哈!他和徐徐这两个自以为是的老千,从头到尾都落在别人的局里,踩着别人敲出的鼓点扭屁股跳舞。

一切过程都在敌人的掌握里,但是……去他妈的过程,重要的是结果。

孙镜握紧了拳头。文贞和赢了过程,但输了结果。现在,他要去赢得第二个。

徐徐捧着个铅盒,走在欧阳文澜身边。

"幸好换了盒子,要还是那个保险箱,我可抱不动呢。"徐徐说。

欧阳文澜侧过脸,冲她微微一笑。

铅盒里装的就是巫师头骨,不知为什么,双手捧着它走路,总有轻微晕眩的感觉。大概是昨晚睡得太少了吧,徐徐想。

"您也太突然袭击了,我还以为只是筹备或者排演一下呢。"

"昨天你没来,我自己照着商时的历法算了一遍,真要严格按着那时候的规矩,祈寿就只有今天做。下一个合适的日子,要过一个多月呐。这巫师头骨可没法借这么久。"

"那一会儿我要做些什么呢,关于巫术我什么都不懂啊。"

"不用做什么。"欧阳文澜温和地说,"你只要捧着巫师头骨就行了。"

"就像现在这样捧着?"

欧阳文澜笑了:"当然是没有这个盒子的,不过你一个小女孩儿,让你拿着个死人骨头,是会有点害怕的。"

"才没有。我也藏了很多甲骨,不都是骨头嘛。再说这可不是一般的死人骨头,这是国宝呢。"

"不怕就好,不怕就好。其实我也知道,什么延寿都是妄想,这也只是做个样子,哪能真和商时一样呢,那个时候,可还讲究用人牲呢。所以你要是觉得不舒服,咱们就回去好了。"

"都到这儿了,还说这样的话,真是看不起我。"徐徐瞪了他一眼,欧阳文澜呵呵大笑。

徐徐的手机忽然响起来,只是她双手捧着铅盒,没法接听。

铃声响了两三下就停了,徐徐让欧阳文澜帮她从外套口袋里取出手机,看看是谁打来的。

"是孙镜打给你的啊。"欧阳文澜瞧了眼说,"可能这里的信号不太好,一会儿我们结束了,你再打回给他吧。"

"哒"一声轻响。身后,来时的门关上了。

"这……这是?"徐徐吃惊地看着面前的甬道。

"听说过巴黎地下三百公里人骨墓穴吗?"欧阳文澜语气变得阴森起来,"就像你现在看到的这样,完全用白骨筑起来的甬道。"

徐徐脸色发白,吃吃地说:"上……上海怎么也有?"

欧阳文澜突然大笑,伸手在徐徐头顶拍了一巴掌:"还说不怕,仔细看看这到底是什么,小心别拿不住盒子,砸坏了头骨。"

眼前这条三米宽的甬道两旁的墙上,嵌满了密密麻麻的骨头,任谁第一眼见了都会吓一大跳。不过现在徐徐定睛看去,这些骨头里还杂了许多龟甲,其他那些也与人骨有异。

"居然这样吓我。"徐徐嚷起来,她是真被吓了一跳,如果不是手里捧着箱子,就要跳起来不轻不重地在欧阳文澜的背上打闹几下。

这些其实都是甲骨。在安阳出土的甲骨数以百万计,但绝大多数都没有刻字,其中又有一多半连火烤的卜纹都没有,在当年是作为材料储备起来的。这些无字甲骨,价值和价格与有字甲骨天差地远。在甬道两边,就是这样的甲骨。

"全是我年轻时候,刚接触甲骨文化时买下来的。那时候不懂,有字没字都买,积了一大堆。现在这些东西,捐出去也没人要,我就放在了这里。"

欧阳文澜手里拿了根竹杖,却并不怎么使用。腰杆挺得笔直,在徐徐前方慢慢走着。

"人一老就怕死,但死亡这东西,你逃得再远也没有用。有时候我来这条甬道里走走,看看这些几千年前的骨头,嗅嗅死亡的味道,反倒是淡定了。"

徐徐本对这条甬道有些惊诧,被欧阳文澜一吓,却讪讪反思自己,怎么经过了昨天的磨难,还是一惊一乍的没个静气。现在听他这样说,回想近来的接触,觉得眼前老人的心境气度,和最初的判断实在不太一样。

反正也不准备继续在他身上做巫师头骨的文章了,今天虚应一下,以后是不是还来,再说吧。

前方一只黑猫蹲在地上看着两人,欧阳文澜伸出竹杖向它一挥,黑猫轻叫一声,转身蹿出甬道不见了。

孙镜跳下出租车,看见欧阳家的黑色铁门,心里被灼烤的感觉愈发旺盛起来。先前打徐徐的电话,铃响几声就断了,重新拨过去,就再也无法接通。

他抬手按响门铃,心里却在想,那神秘实验赋予欧阳文澜的,会是个怎样的能力。

他从当年的变故中活了下来,看上去也没有受到不可复原的伤势。是运气好,还是他的能力很强大,很可怕?

同昨天地下大厅里见到的场景比起来,文贞和那点控制风的本事,简直就是无害的。

想到这里,孙镜摸了摸右胸。他什么都没想就从家里冲出来,但好在穿着昨天的马甲,口袋里还装着电击器。

门开了。

阿宝直愣愣地看着他,像是有些不解,然后说:"你好。"

"你好。"孙镜微笑,"我有些事情,来找欧阳老先生。没有预约,真是不好意思。"

"哦。"阿宝点点头,"可是,阿爷,不在。"

"不在?"孙镜心跳猛地错了一拍,"那徐小姐呢?"

"不在。也不在。"

"他们去哪里了?"

阿宝摇摇头。

孙镜也知道这是白问,又说:"他们什么时候走的?"

阿宝低头看地,好像在算时间。孙镜等得心焦,好一会儿阿宝才又抬起头,说:"有一会儿了,嗯,好一会儿了。"

孙镜脸上的微笑已经无法保持了,好在在阿宝面前,也不需要保持。

"进来?"阿宝问,"进来,外面园子坐坐,不大好进屋。"

"不,我不进来了。"孙镜摇头。

阿宝向他鞠了个躬,把门关上了。

孙镜在门前呆呆站了有半分钟,然后拔腿飞奔远去。

阿宝关上门,想了想,将门反锁,快步向园内走去。

他笑容满面,沿着绕楼的清水渠走到后园。这处有座假山,水渠穿山洞而过,阿宝也弯腰走了进去。

他并没有从另一侧走出来,而是沿着山洞里向下的石阶,到了地下室门前。

阿宝开门进去,对四周陈列着的古玩不屑一顾,却在桌上拿起个小罐子。他从罐中用手指挖了点猫脑,送到嘴里咂吧,"呵呵"笑着,快步走到地下室尽头。

那儿又是一扇门,门后是个小得多的空间,连接着幽长的嵌满了骨头的甬道。

"其实,从刚才这条甬道开始,就不算是我家了。"欧阳文澜说。

这时他们已经走出甬道,眼前是个极大的黑暗广场。也许不止一个篮球场大,徐徐想。

这里没有灯,甬道最靠外的筒灯照不出多远,让人感觉置身于巨大的黑暗山体中。徐徐不禁想起了地下大厅,当然,这里要宽敞得多。

"这是什么地方,防空洞吗?"

"对了。"欧阳文澜点头,示意徐徐站着稍等,自己从怀里拿出火柴盒,交到持杖的右手一并握着,左手取火柴划亮。

这火柴又粗又长,所用的木料也不错,可以烧相当一段时间。欧阳文澜拿着火,向前走去。

"我家的地下室,也是防空洞改的。从解放前到'文革',不知挖了多少洞,有一些如今利用起来了,还有很多,就像这个一样,被忘记了。"

星点火光向黑暗深处移动,徐徐隐约看见,更前面像是有个大缸模样的东西。

"像这样的大防空洞,曾经有很多个连通地面的出口,现在当然大多数都封掉了。它还连着些小防空洞,像我家这个,最早不相连,但隔得近,很好打通。现在啊,这个地方除了我,还有谁知道呢?只要不挖地铁,这么大一片地方,就等于是我的啰。"

欧阳文澜说着把手中的火柴向前一扔。

这不是一个缸,而是个大铜鼎,里面盛满了油脂。火星一入,"轰"的一声,燃起熊熊火焰。

火光直冲而上,焰舌在洞顶舔了舔,缩回来焰尖还有一米多高,把大半个洞都照亮了。

这是个高三足铜鼎,在旁边还有个小鼎,小鼎之侧有张方桌,上面竟横卧着一头小牛。小牛犊一对前蹄被死死绑着,后蹄也是,脖子伸出桌沿,脑袋垂下来一动不动,肚皮却微微起伏,显然是活着的,看来打了强力麻药。

火鼎的正后方,是个直径两米左右的圆台,小半米高,上面空无一物。

除了这些东西,防空洞里再没有其他摆设,火光不能及的远处,隐约还有一两条甬道,不知通往何方。

徐徐看见圆台,就联想到小街十四号地下室中的月牙台。这个场所,实在太适合巫术神秘诡异的气氛了。不过这样一个圆台,这样的大鼎,总不会是为了祈寿巫术新搞出来的。

疑惑刚起,又被她自己压了下去。在甬道里已经大惊小怪了一次,还让欧阳文澜吓到,着实没面子。

欧阳文澜向她招招手,说:"这些年我研究商时巫术,翻查资料考据典故的工作做了许多。但做学问不能闷在书房里,很多东西,要自己试一试,才有发言权。我在这个地方模拟过很多次,祈福的、祈寿的、求雨的、除病的,各种巫术仪式。尽管有些步骤不可能去做,也收获很多。只是真正用到巫师头骨,还是第一次呢。"

这样的解释一说,徐徐压下去的疑惑也烟消云散,走到欧阳文澜身前,把铅盒放在地上,问:"这就要开始了吗,我是不是要站到台子上去?"

欧阳文澜笑:"真是聪明。"

他正要详细说,却听见急急的脚步声自甲骨甬道里传来。

徐徐回头看,"咦"了一声,说:"阿宝怎么来了?"

欧阳文澜摇摇头:"他对什么都好奇,每次我模拟巫术,都要凑过来瞧瞧。"

说着,他往阿宝来处走去。

徐徐就见阿宝在甬道口对欧阳文澜小声嘀咕了两句,欧阳文澜举起竹杖在他大腿上敲了两记,骂道:"就知道贪吃,这样下去好不容易存的点东西就被你吃没了。"

阿宝"呵呵"傻笑着。

"那你就在旁边看着,不许添乱。"欧阳文澜说完叹了口气,仿佛对这痴管家没有办法一般,转身走了回来。

阿宝跟在欧阳文澜身后,走到离火鼎四五米的地方停下来,一副安心当观众的模样。

"算啦,你来了就搭手帮个忙,我这把老腰,也经不得多弯。"

小鼎里放着许多东西,欧阳文澜指挥阿宝一件件拿出来。

一把牛耳尖刀,一副磨好的龟腹甲,一把长柄铁钳,一把凿刀,一把钻刀,一个小铁锤,还有个方形铜铃。

欧阳文澜拿着铜铃一摇,铃声喑哑低沉,余音绵长,在防空洞里回旋。

"这就是我考据后做出来的'南'。"他说着又摇了一声,徐徐觉得自己的心也随着荡了一下,仿佛这乐器真有什么魔力。

"那么,我们就准备开始了吧。"他问徐徐。

"好啊。"徐徐舔了舔有点干涩的嘴唇。

"你把巫师头骨取出来,站到圆台上去吧,正对火焰。"

打开铅盒,指尖接触到巫师头骨的一刻,徐徐浑身一激灵。有种奇怪得说不出来的感觉,她能听见自己的心跳声,像是被手中的头骨牵引着,一下一下在胸腔中击打,重而有力,好似刚才"南"的铃声。

徐徐站在圆台的中央,面对火焰,每一根头发都能感觉到前方的热力。欧阳文澜被火焰挡着,看起来有种身影随着焰苗扭曲的错觉。

"让巫师头骨的脸对着你,放松一点,双手自然下垂,把头骨放在小腹前面就好。你可以闭上眼睛。"

火鼎时时发出"毕毕剥剥"的声音,还有淡淡的让人心神安宁的香味。徐徐闭上眼睛,听着欧阳文澜缓缓的,仿佛催眠一样的声音从火那头传来。

"把心沉下来,沉下来,沉到最深处。那里很安静,没有声音,但是你可以感觉到生命最初的脉动,就像你的心脏,收缩,扩张,收缩,扩张。感觉有一颗种子,藏在你的脉动里,藏在你生命的核心里,无比微小,又庞大得看不到边际。寻找它,体会它,拥抱它。"

欧阳文澜说到后来,声音低沉得几乎听不见了。他忽地吟唱起来,音调极古。唱的什么徐徐完全听不懂,如果是深谙上古音韵的孙镜在这里,还能分辨一二。

欧阳文澜口中浅唱着,把竹杖交给阿宝,拿起龟甲放在方桌上,取了凿刀和小锤,在甲上开了道很标准的凿痕。然后他又握着钻刀,在凿痕处旋转起来。

他已经九十多岁,手仍有力,钻了几十圈后,这处的龟甲只剩了薄薄一层,再下去就钻透了。先凿后钻,此时在龟甲中心留下一个扇面似的痕迹,如出土甲骨上的凿痕一般。

欧阳文澜拿着龟甲打量一番,轻轻点头,正要下一步动作,却听见"嘟嘟嘟"的鸣叫声从甲骨甬道里传来。

他皱起眉头,停了口中的吟唱。徐徐听见动静,也睁开了眼睛。

"这是什么声音?"徐徐问。

"是有人在外面按门铃,也许是送水的。"欧阳文澜瞧了眼阿宝,"就不该留你在这里看,快去吧,别让人等久了。你啊,老是给我添麻烦。记着啊,态度好一点,别惹麻烦了。"

阿宝应了一声,飞快地跑进甬道。

"阿宝的态度一直挺好的,哪会惹麻烦呢。"徐徐说。

"你是没见过他发火的样子,得时常敲打敲打他。不管他,我们继续吧。"

阿宝打开甬道尽头地下室的门,"嘟嘟"声立刻大了好多倍,刺耳得很。这可不是按门铃,而是警报器在响,有人通过非正常的途径进了园子。

靠近地下室出口有个储物橱,阿宝拉开橱门,按下停止警报的按钮,闹心的声音总算没了。橱里安了个显示屏,里面是园子东南西北四角摄像头传回的监视画面。

阿宝在其中的一个画面里,看见了孙镜。他正低头搜索着。

"怎么搞的。"阿宝说,然后在屋里左看右看,瞧见一尊两尺长的明代铜卧佛,一把握住佛脚提起来,开门出去。一边上石阶一边小声嘀咕。

"打死他打死他打死他,唉,不能打死。"

阿宝叹了口气,想起欧阳文澜说的不要惹麻烦,摇摇头,返身回了地下室,找了块抹布裹住佛头,这才又蹑手蹑脚地上了地面。

在监视器里已经看见孙镜的位置,这时他绕了个圈,看见孙镜左张右望的背影,咧开了嘴无声地笑。

阿宝把铜佛举起来,向孙镜走了几步,突然加力冲过去。

孙镜听见后面的声响,连忙转身,但阿宝爆发力极强,他才转了一半,就被铜佛砸中脑袋,倒了下去。

"笨蛋。"阿宝低头看看,不屑地说。

可是他很快"咦"了一声,地上这个仰天昏迷的家伙,虽然穿着孙镜的衣服,可却是个从没见过的陌生男人。

还没等他转过脑筋,身后一声爆响,腰上一麻,就倒在地上。

孙镜蹲下来,用电击器在阿宝身上按了好几秒钟,确认他晕厥了才松开。

"急着锁门的笨蛋。"孙镜说。

欧阳文澜现在肯定分不开身,把阿宝诱出来解决,救出徐徐的把握就大了些。他知道徐徐多半不在楼里,因为门前没见到脱下来的鞋子,好在雨停不久,他可以顺着阿宝的鞋印,去寻来路。

能想出这个法子,完全得益于前两次来这儿时,出于职业习惯好好观察过环境,确认了装有警报器,记住了摄像头的位置。运气的是,这里警报器的工作方式和他想象的一样,只顾乱叫,没法分辨闯入者的数量。

至于地上这位和他互换了衣服的乞丐仁兄,就再多躺一会儿吧,现在可没空管他,拿了自己钱包里所有的钱,总要有点牺牲。

但孙镜却还不能立刻去找徐徐的下落,他从阿宝的身上找出钥匙,开了大门出去,把靠在一侧墙上的梯子还给了斜对面五金店的店主,诚恳地道谢。

"刚才的警报真是有点吓人,你再不出来,我差点报警。你太爷爷没事吧?"店主笑着说。

"哪有歹徒这么光明正大爬墙的呀,呵呵。人老了腰就不好,这两天没人扶着走不了路。就是尿在裤子里啦,没大事情,我进去一看,阿宝那家伙居然在睡觉,打了他几耳光才醒过来。"

"老人叫一个弱智照顾,总搞不好的。不是我说,你们这些小辈啊,不要等老人有事情电话叫了才来,要有亲人陪的。"

"是的是的。"孙镜点头,迅速离开。

"人活得长也作孽啊。"店主看着孙镜的背影,连连摇头。

"砰!"孙镜反手关上了欧阳家的铁门。

防空洞里,火光所及的边缘地带,有很多双眼睛。

黄色的,蓝色的,碧绿色的。

随着欧阳文澜的吟唱声,这些毛茸茸的小生物悄无声息地出现,不发出一声叫喊,静静地在光暗交界处聚集。

"嘶",牛耳尖刀划断牛犊颈上的血管,血流如注,注入下面的小鼎。牛身轻微抽搐,麻药让它连象征意义上的反抗也做不出来。

欧阳文澜巫师式的吟唱并不停歇,就让牛血这么流着,用长柄铁钳夹着龟甲,未凿过的那面向下,送到火焰边缘小心烤着。

徐徐捧着头骨站在圆台上,入定般一动不动。她觉得有不可知的气息包围过来,把她裹在中间,慢慢连前方火焰的热力也淡了下去。

欧阳文澜转动着手腕,龟甲在火焰上盘旋了几圈,被直塞入火鼎深处,停了不到一秒抽出来,浸入旁边小鼎的牛血中。

"嗞"一声轻响,欧阳文澜放下铁钳,伸手把龟甲拿出来,牛血淋漓,卜纹已现。

欧阳文澜踏上圆台,左手拿着龟甲,右手沾着甲上的血,点在徐徐的眉间,往下移,从鼻梁到下巴,画出一条血线。然后在她左脸又画了道眼角到鼻尖的分枝,分枝上再点了个小枝。这形状,就和龟甲上的卜纹一模一样。

徐徐嗅见浓重的血腥气,就知是牛血。她这时已经进入半恍惚的状态,虽还算神志清醒,但记着欧阳文澜先前的话,全身放松,一动不动。

欧阳文澜把龟甲抛入火中,双手轻轻托着徐徐的手,让她把巫师头骨缓缓向上抬起。由小腹至胸前,由胸前至面前。当徐徐把巫师头骨正对自己的脸时,晕眩的感觉加剧了,仿佛整个人都控制不住也跟着开始摇晃。

实际上她依旧站得很稳,稳得甚至有些僵硬。欧阳文澜还在把头骨往上托,他扶着头骨,移到额头上方,再慢慢倒转过来,直到头骨上的那个圆孔,和徐徐的头顶紧紧贴在一起。

欧阳文澜笑了,站到徐徐身边,更大声地吟唱着。

急雨般的脚步声从甲骨甬道那头传来。

欧阳文澜白眉一扬,就听见一声大喊。

"放下!"

是孙镜的声音,徐徐意识到。她开始试着从恍惚中脱离,但这并不容易。

孙镜远远瞧见徐徐站在圆台上的模样,就知道巫术不仅已经开始,恐怕还到了关键时刻。他紧了紧手里的电击器,一冲出甬道,就朝徐徐扔了过去。

他瞄的是徐徐头顶上的巫师头骨,但是剧烈奔跑中哪会有这样好的准头,电击器往旁边偏了少许,砸在徐徐的右手上。

徐徐右手一痛,头骨跌落下去,左手下意识要扶住,一抓之下却反倒推了一把。

巫师头骨向前画了个弧线,欧阳文澜要去接,到底人老反应慢,眼睁睁看着头骨跌进了火鼎。

他"啊"地大叫起来,哪里还顾得上吟唱,跳下圆台就要伸手进去捞,显然急得头脑都不清楚了。被火焰灼痛才知道缩回手来,却不罢休,使劲一推滚烫的火鼎,想要将它推倒。

欧阳文澜用了全身的力气,三足高鼎一歪,却并未倒下,反而又摆回来。鼎中的油脂溅了些出来,连着火落在欧阳文澜身上。

这老人终于失了所有的风仪,尖呼厉叫着倒在地上滚。孙镜从他身边跑过,跳上圆台拉住徐徐。

"这……这是……"徐徐已经睁开了眼睛,却不明白这是怎么回事。

"你刚才拿的是真的巫师头骨,欧阳文澜是实验者。"孙镜见徐徐没事,拉着她跳下圆台,却一点都不敢放松警惕。欧阳文澜身上的火已经很小,眼看再滚几下就全灭了。他的反击恐怕转眼就到,那会是什么样的?

"真的巫师头骨?天哪,我把它扔进火里了?"徐徐眼睛死死盯着熊熊燃烧的火鼎。

"太奢侈了。"她小声说。

徐徐完全不在状态,孙镜没工夫打醒她,摸出电击器向欧阳文澜冲去。刚才扔掉的那个,是昨天从文贞和手里抢来的。

管你有什么本事,趁你还没缓过来的时候先电晕了。

欧阳文澜又翻了几个滚,总不及孙镜奔跑的速度。跑到还有三步远的地方,孙镜就准备飞扑上去。身后一声凄厉的猫叫,猛回头,一只黑猫高高跃起,直奔脖颈。

孙镜忙一闪,电击器掉转,电弧爆响,黑猫浑身冒烟跌落地上。

可是他受到的攻击却不单这一只,至少有五只猫在黑猫还没摔在地上的时候就跳起来扑向他。而围住他的更有十多只,毛乍起来发了疯一样嘶吼着,后面更多的正从黑暗中跑出来。

电击器对付猫虽然无比犀利,却架不住那么多一起扑上来。转眼间又有三只猫被电倒,但两条腿上已经各挂上了两只,牛仔裤也挡不住它们尖利的牙。更多的顺着腿爬树一样往上身蹿,孙镜两只手左推右挡,几秒钟的工夫就被猫爪抓开了许多口子。

可是孙镜却反倒放下心来。猫群这样反常的攻击,一定是因为欧阳文澜。他一直担心欧阳文澜获得的能力可能会极可怕,现在看来,几十只猫扑过来虽然凶狠,被咬得满身伤逃不掉,但大概还不至于死掉吧。

孙镜挡着咽喉和脸,用电击器给猫一个个点名,"噼噼啪啪"的电击声炸得他耳朵轰轰响。

突然之间,孙镜浑身一抖,电击器失手掉落在地上,竟是自己被电到了。

这实在一点都不意外,猫的动作极其敏捷,只要在被电到的前一刻伸出爪子碰到孙镜身体,就会产生现在的结果。

孙镜心里大叫糟糕,电这一下,挂在身上的猫全都哆嗦着掉下去,但马上更多的就要扑上来,没了电击器可怎么办?

但居然没有猫重新扑上来。

孙镜转头一看,才发现最早扔出的电击器已经被徐徐拿在手里,这时正闪着电弧。在她旁边,原本已经站起来的欧阳文澜,又倒了下去。

"这东西威力小。"孙镜喊,"电一下不一定晕,再电。"

孙镜这时看上去全身都破破烂烂,多处出血,狼狈得很。

徐徐问了声:"你没事吧?"弯腰准备再电欧阳文澜。

"小心。"孙镜喊。

徐徐听见一声猫叫,电击器往后一刺,却刺了个空。

那只扑起来的虎皮条纹大猫从徐徐身侧闪过,竟扑在了欧阳文澜的身上。

欧阳文澜的确没有晕,但寻常的高龄老人单只摔倒就是大事,而他先受火烧又遭电击,现在全身每块骨头都散了架一样痛,提不起一点力气来。这时被大猫咬在手上,除了痛叫连驱赶的动作都做不出来。

他只叫了两声,剩下的十多只猫就都扑了上去,一声不响,只顾低头撕咬。欧阳文澜的惨叫声在防空洞里回荡,让人毛骨悚然。

徐徐向后连退了许多步,脸色发白。

"这太残忍了,救救他吧。"

孙镜看那只最先扑上去的虎皮猫,这时已经咬住欧阳文澜的脖子,摇摇头说:"怕是没救了。"

虽然这样说,他还是走上去,用电击器在一只咬着欧阳文澜小腿的猫背上按了一下。

所有的猫都被电开,大多数并没事,几声呼叫后,转头四散逃开。

欧阳文澜已经奄奄一息,他张开嘴,看着孙镜。

孙镜低下头去。

"怀修……和我是好友。"他说,然后又重复了一遍,"真的是好朋友。"

孙镜有些不解,看着他。

欧阳文澜忽然笑了笑:"你很聪明的,小心点。"

说完这句话,他闭上眼睛,没了呼吸。

死亡是结束——对不幸遭遇它的人来说这毫无疑问;但它也是开始——很多事情因此有了新的变化。

尾　声

冰冷的山风从斜后方吹来。

"有一点你是对的,从悬崖上跳下去,那几十秒钟真是刺激极了。"徐徐说。

"胡扯,这里六七百米深,你最好给我在十秒内,不,八秒内拉开伞,否则主伞故障你不见得有机会再拉副伞。"孙镜说。

"知道,我的伞龄可不比你小多少。"

"那你在冬天跳过几次?"

这是西天目山群峰中某处绝崖上的一方小平台。临崖远眺,天目山脉诸峰在云雾后起伏,多数山顶已是雪色。连他们身处的地方,也有三寸的雪,寻常游客是绝不会来的。

往下看,有浅浅的未被山风吹散的云,而一路上见到的粗如轮的大树,已经是那舒展绿意中分辨不出的小点,和巨石溪水化作一体,扑面而来。

"你一直有心事,还在想他们临死前的话吗? 事情都结束了,还想那么多干什么,真是的。我先跳了,有什么烦心事,跳一跳就全没了,哈哈。"

主伞副伞已经检查过一遍,徐徐说完,也不管孙镜,退了几步,小跑向前，一跃而起。

孙镜往下看，徐徐急坠下去，穿透了薄云，竟还不开伞。又等了三秒钟，孙镜心里一紧，却突然见到一朵橙色的伞花，在云下开了出来。

孙镜舒了口气，徐徐说的没错，连上山的路上，他都还在想着那两人奇怪的遗言。

他已经有了些头绪，但还有最后的谜底未勘破。

两个死者的最后留言，像是都隐约指向同一层意思。

文贞和说他喜欢漂亮女人，但韩裳和徐徐都是不折不扣的美女，他却杀了一个，准备杀另一个。

欧阳文澜说他和孙禹是好友，但他却要杀孙禹的曾孙。

这两个人最后的话，和他们的实际行动，自相矛盾。可是孙镜却能肯定，他们死前的话，是真心的。

这意味着，他们是不得已。

这时候，孙镜已经跳下悬崖。山风刀一样刮着面皮，云淡如雾，近在眼前。

文贞和说他六九年不在地下大厅，意味着他是后来加入实验的。孙镜原以为发展文贞和的人是欧阳文澜，看来不是。在他们的背后，还有另一个人。

可让孙镜想不通的是，为什么在生命的最后一刻，他们还要用这样迂回的方式表达意思。他们完全可以直接说出来，背后那人是谁。

徐徐见到孙镜流星一样从她身边坠落，大叫起来："开伞，你不要命啦，开伞。"

孙镜觉得他就要想通了。

不说出来，一定是没法说出来。但人在死前，应该已经无所畏惧了。所以他们绝不是因为担心什么而不说，是真正的没法说。

孙镜像颗石头一样往下掉，已经到了人坠落能达到的最高速度——每秒五十米。在他现在的高度，只有开一次伞的机会了，主伞如果故障，根本没机会再拉副伞。

孙镜依然没有拉伞。

他所面对的是超乎一般经验的神秘现象，所以，在考虑这个问题的时候，也许应该打破固有的思路。

想说却没法说？

"孙镜！"徐徐绝望地叫，她的泪水涌出来，立刻被风刀剔走。然后，她看见孙镜的主伞终于打开了。

紫色的伞，开在徐徐脚下一百多米的地方，不知为什么，让她想起那天防空洞里的一双双猫眼。

"总有一天，你会玩死自己。"徐徐喃喃说。

孙镜笑了，原来是催眠。

或许不该称之为催眠，可能是更高级的精神控制，一种足以让人膜拜的魅惑。所以只有到生命的最后一刻，真正属于自己的人格才开始复苏，想要反抗，但只能做出微弱的挣扎。他们以间接的迂回的方式透露出讯息，接收者必须足够聪明才能破译。

在文贞和和欧阳文澜背后，的确站着一个人。他所获得的能力，可以让他在某种条件下，控制另一个人，或者说，洗脑。

这种控制应该并不能轻易达成，六九年后离散的实验者们，必然还有相当一部分没有被他控制，所以他要维持巫师头骨还在上博的假象，免得成为众矢之的。

他一定在暗中观察着,甚至欧阳文澜死的时候,他就在防空洞的某条甬道里。

到了合适的时机,这条毒蛇会悄无声息地游走出来。如果被他咬一口,不会死,但却再也不是自己了。

孙镜仰起头,对斜上方的徐徐喊:"一百五十米,三秒钟,真正的刺激只在最后的时候才有。"

他刚喊完,徐徐突然就掉了下来。

她割断了降落伞的绳子!

在比孙镜更低二十米的地方,她打开了副伞。

她兴奋地尖叫:"知道地狱在哪里吗,就在我脚下十米。"

"你这个疯子。"孙镜骂。

"只有疯子才会和你在一起。"徐徐回答。

谨以此书,向悬念大师们致意。